LYDIA
das
BUCH

LYDIA
das
BUCH

© 1996 Lydia-Verlag GmbH, Postfach 12 22, 35608 Aßlar
ISBN 3-00-000408-4 Lydia; ISBN 3-89437-421-7 Schulte & Gerth (Nr. 815 421)
1. Auflage 1996
Gestaltung und Satz: Ursula Stephan
Bildnachweis:
Titelseite: Thunder Image Group
S. 5, 7, 23, 30, 33, 36-37, 49, 53, 57, 71, 75, 81, 82, 85: Gertie Burbeck
S. 11: Jerry Hart – S. 12-13, 30 Anke Will – S. 17: Studio Art, Kurt Meier, Zürich
S. 20: Wälde Fotokunst – S. 29: Marquart – S. 34: Martha Ruppert
S. 40, 43: VDK / IMA-Institut – S. 44, 46-47: Elvira Peter
S. 54: Toyota – S. 55: Jochen Mönch – S. 58: Ackermann McQueen
S. 61: Dr. h. c. Walter Meli – S. 69: J. Frank / CP News
S. 3, 72, 88, 90: MEV Fotoarchiv – S. 78: Scharfscheer, Wetzlar
Texte von S. 24 und 83 entnommen aus
„Today's Christian Woman" (S. 24: M/A 1990; S. 83: J/A 1992)
Text von S. 39 entnommen aus „Making Children Mind Without Losing Yours", Dr. Kevin Leman
Text von S. 68 Einzelheiten entnommen aus „Yes, You Can, Heather!", Verlag Zondervan
Text von S. 90 entnommen aus „Christianity Today" (5/16/94)
Druck und Verarbeitung: Mohndruck, Gütersloh
Printed in Germany

Dieses Buch ist allen Leserinnen gewidmet, die eine tiefe Sehnsucht nach erfülltem Frausein in sich tragen.

Aus der Schatztruhe ...

Wir freuen uns, Ihnen diese Sammlung einiger besonders beliebter Artikel aus der Zeitschrift »Lydia« präsentieren zu können. Sie erschienen innerhalb der letzten 10 Jahre.

Seit dem Erscheinen von »Lydia« haben unsere Leserinnen immer wieder geschrieben und um ihre Lieblingsgeschichte gebeten, entweder zum eigenen Gebrauch oder zur Weitergabe an eine Freundin. Da viele dieser häufig verlangten Artikel und Berichte mittlerweile vergriffen sind, ist es uns eine besondere Freude, Ihnen diese Auswahl anbieten zu können.

Genau wie die Zeitschrift »Lydia« will auch »Lydia – das Buch« der stark beschäftigten Frau von heute Mut und Kraft vermitteln angesichts der vielen verschiedenen Aufgaben, die sie zu bewältigen hat. Dieses Buch bietet Ihnen Hilfe zum Aufbau eines gesunden Wertempfindens und einer tragfähigen Beziehung zu Ihrem Ehepartner, Ihren Kindern und Gott.

Außerdem lesen Sie, wie andere Frauen inmitten von Leid und Enttäuschung durchgehalten haben. Sie verraten Ihnen das Geheimnis, wie man mit Schwierigkeiten fertig werden und selbst in den traurigsten Situationen neue Hoffnung schöpfen kann.

Dieses Buch hilft, geistliche Werte und Charakterdimensionen aufzuspüren. Es handelt von echter Hingabe an den Schöpfer, damit Er unsere Seelen forme wie der Töpfer den Ton. Und dabei geht es viel mehr um unser Sein als um unser Tun! Nur so kann unsere Existenz herausgehoben werden; unser Leben nimmt die Gestalt der Hoffnung an!

Ihre

Elisabeth Mittelstädt
Elisabeth Mittelstädt

Inhalt

Wie Gott mich sieht 11

Das Gift des Selbstmitleids 12
Ingrid Trobisch

Ich wäre so gerne Mutter 16
Joanna & Harry Müller

„Du schaffst es!"
Ohne Arme geboren: Ein junges Mädchen schwimmt um die Goldmedaille 20
Lena Maria Johansson

Schmunzel-Geschichten 23

Meine Schönheitskönigin 24
Harold B. Smith

Auf dem Motorrad in die Kurven 26
Anne Dueck mit Helen Lescheid

Dorotheas Putzrezept 29
Dorothea Unbehend

Meine kleinen Glaubenshelden 30
Maria Utri

Der Wert einer Frau 31
Elisabeth Mittelstädt

Mamas Lieblinge 33

Lektionen aus dem Sandkasten 34
Elisabeth Mittelstädt

Omas Schatz 35
Barbara A. Robidoux

Kids und Kohle – Wie lernen Kinder, mit Geld umzugehen? 36
Claudia & Eberhard Mühlan

„10 Gebote" eines Kindes für seine Eltern 39
Dr. K. Leman

Kinder- und Teeniefeste ohne Ende 40
Ulrike Herrmann

Du bist an meiner Seite 43

Jorginhos Heimspiel mit Cristina 44
Jorge de Amorim Campos und Christina Campos

Meine schwarze Liste 49
Warum ich aufhörte, die Fehler meines Mannes zu zählen
Ruth Heil

Damit sie sich wieder vertragen 53
Elisabeth Ullmann

Die beste Freundin meines Mannes – Ein begehrtes Ziel 54
Maria Czerwonka

Ungewöhnliche Wege 57

„Dallas" war nicht alles 58
Susan Howard

Ein Ex-Guru berichtet über die New-Age-Bewegung 61
Katrin Ledermann

Mein Weg vom Islam über die Drogenszene zu Christus 64
Leyla Degler

Miss Amerika 1995 - Heather Whitestone 68
Barbara von der Heydt

Schmerz der Seele 71

Verletzt, weinend und allein 72
Lee Ezell

Stunde Null – Das Leben nach der Scheidung 75
Ulrike Yanik

Mein Kind hat Aids 78
Margarete Schock

Gebet verändert 81

Ob Beten wohl hilft? 82
Lotte Bormuth

Fünf „gefährliche" Gebete 83
Bill Hybels

Unsere Wohnung bei Gott 87

Jonathans Ei – Eine ungewöhnliche Ostergeschichte 88
Ida Kempel

Ein Blick in den Himmel aus den Augen eines Kindes 90
Marshall Shelley

Ist dies das Ende der Zeiten? 95
Elisabeth Mittelstädt

Wie Gott mich sieht

Das Gift des Selbstmitleids

Ingrid Trobisch

Als ich im letzten Schuljahr war, fiel ich bei einer Prüfungsarbeit in „Philosophie des 19. Jahrhunderts" durch. Ich war am Boden zerstört. Am nächsten Tag wurde ich zur Rektorin gerufen.

„Wie erklären Sie sich Ihr Versagen bei der Prüfung?" fragte sie mich. Mit Tränen in den Augen erklärte ich ihr, daß ich schwer arbeiten müsse, um mir das nötige Geld für Studium und Unterhalt zu verdienen. Ich hatte zwei Teilzeitarbeiten übernommen, und bei den zwanzig wöchentlichen Unterrichtsstunden blieb mir einfach nicht genügend Zeit, um mich intensiv auf die Arbeiten und Prüfungen vorzubereiten.

Die Rektorin sah mir gerade in die Augen und fragte: „Meinen Sie nicht, daß Sie sich vielleicht ein klein wenig zuviel selbst bedauern? Sie können jetzt wieder gehen, aber strengen Sie sich bitte das nächste Mal mehr an!" Sie war eine kluge Frau, die erkannt hatte, daß ich gefordert und nicht verhätschelt werden mußte. (Übrigens schrieb ich in der nächsten Arbeit in Philosophie eine Eins.)

Dr. Theodor Bovet, der bekannte Eheberater aus der Schweiz, pflegte zu sagen: „Das größte Gift für jede Ehe ist das Selbstmitleid." Er schien die Ansicht zu vertreten, daß Frauen in dieser Hinsicht weit mehr gefährdet seien als Männer.

Ich erinnere mich gut an einen Sommer vor vielen Jahren, als mein Mann für neunzig Pastoren in Tansania einen Kursus über Ehe- und Familienfragen abhalten mußte. Wir wohnten damals in einem Ort mitten in den unberührten Wäldern Kameruns, und Tansania liegt genau auf der entgegengesetzten Seite des afrikanischen Kontinents. Ich blieb mit unseren vier Kindern – das fünfte war unterwegs – allein zu Hause. Ein Bekannter aus Holland, der zu Besuch kam, meinte: „Du tust mir wirklich leid." Meine Antwort fiel vielleicht ein wenig heftig aus: „Ich brauche dir überhaupt nicht leid zu tun. Es geht mir gut, und ich betrachte es als eine Ehre, die Mutter dieser Kinder zu sein!" Vielleicht sprach ich nur etwas nach, was meine eigene Mutter zu mir gesagt hatte, als ich sie als junges Mädchen einmal fragte, ob es denn kein großes Opfer für sie bedeutet habe, Mutter von zehn Kindern zu sein. Meine Frage schockierte sie dermaßen, daß sie das Auto beinahe abrupt angehalten hätte. „Das war doch kein Opfer", erklärte sie entrüstet, „für mich war es eine Ehre, die Mutter der Kinder von Ralph Hult zu sein!"

Als mein Mann am 13. Oktober 1979 starb, war es wiederum das Vorbild meiner Mutter, das mir half. Nachdem der erste Schock ungläubiger Verwunderung darüber, daß dieses nach 27 glücklichen Ehejahren passieren konnte, vorüber war, packte mich der Zorn, weil ich allein zurückgeblieben war. Dann mußte ich daran denken, wie ich versucht hatte, meine Mutter zu trösten, als mein Vater starb: „Du hast doch noch uns Kinder, Mutti!" „Ach", hatte sie darauf geantwortet, „du verstehst noch nichts davon, was es bedeutet, seinen Lebensgefährten zu verlieren."

Jetzt verstand ich es, und ich konnte nicht umhin, meine Situation mit der ihrigen von damals zu vergleichen. Meine Jüngste war bereits mit der Schule fertig und wollte in Kürze zur Universität gehen – ihr Ältester hatte damals gerade mit dem Studium begonnen, als ihr Mann starb. Sie hatte keine Einkommensquelle außer einer ganz bescheidenen Witwenrente von der Gemeinde. Ich dagegen wußte, daß mein Mann finanziell gut vorgesorgt hatte, sowohl für mich persönlich als auch für die Ausbildung unserer Kinder. Außerdem war ich zehn Jahre älter als sie gewesen war, als sie Witwe wurde. Alle diese Überlegungen trugen mit dazu bei, mich aus dem Sumpf des Selbstmitleids herauszuziehen.

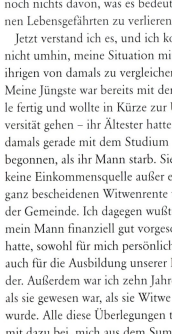

> *Die Auseinandersetzung mit meinem Selbstmitleid war der erste Schritt auf dem Weg zu einem neuen Lebensabschnitt – einer äußerst fruchtbaren Zeit, die mich auf vier Kontinente führte.*

Ihr Vorbild war es, das lauter redete als Worte. Als sie die Nachricht vom Tod ihres Mannes erhielt – ihr jüngstes Kind war gerade vier geworden – sagte sie: „Die Zukunft ist nicht dunkel. Gott hat uns bis jetzt geholfen, und Er wird auch weiter helfen."

Mit dieser Entschlossenheit besuchte sie die Sommerkurse an der Universität, brachte ihre Pflichtfächer zum Abschluß und fing an, in der gleichen Schule zu unterrichten, in der ihre Kinder lernten. Später, mit fünfzig, begann sie Spanisch zu lernen und wurde anschließend Hausmutter in einem Waisenhaus von La Paz in Bolivien. Sie behauptete immer, daß die Jahre zwischen fünfzig und sechzig für eine Frau die besten ihres Lebens sein können.

Auch das Gespräch mit einer Bekannten, die mich nicht gerade mit Samthandschuhen anfaßte, half mir sehr, mein Selbstmitleid zu überwinden. Nur wenige Monate nachdem mein Mann gestorben war, ging meine jüngste Tochter aus dem Haus, um ihr Studium in Paris fortzusetzen. Da sie in Zukunft mehrere hundert Kilometer von unserem Heim in Salzburg entfernt leben würde, mußte ich damit rechnen, sie nicht mehr allzuoft zu Gesicht zu bekommen. Wie sollte ich mit diesem doppelten Verlust fertig werden – dem Tod meines Mannes und der leeren Wohnung? Die besagte Bekannte – eine Frau, die seit über 25 Jahren verwitwet, aber trotzdem eine der strahlendsten und fröhlichsten Menschen war, die mir je begegnet waren – sprach in zwei kurzen Sätzen Wahrheiten aus, die mein seelisches Gleichgewicht wiederherstellten. „Ich habe gar keine Kinder", sagte sie, „Kinder verliert man nie." Dann lud sie mich zum Essen in ihr Haus ein.

Ich wurde unwillkürlich an Elia erinnert, wie er unter dem Wacholderstrauch saß, niedergeschlagen und voller Selbstmitleid. Gott schalt ihn nicht aus, sondern sandte einen Engel, der ihm Essen und Trinken brachte. Dann redete Er ihm gut zu, erst einmal zu schlafen. Anschließend bekam Elia noch einmal zu essen und zu trinken, damit er genug Kraft für die lange Wanderung hatte, die vor ihm lag.

Die Auseinandersetzung mit meinem Selbstmitleid war der erste Schritt auf dem Weg zu einem neuen Lebensabschnitt – einer äußerst fruchtbaren Zeit, die mich auf vier Kontinente führte.

Als ich dann nach fast neunmonatiger Abwesenheit nach Hause zurückkehrte und meine jüngste Tochter wiedersah, merkte ich, daß unsere Beziehung eine ganz neue Ebene der Freundschaft erreicht hatte. Meine Tochter war zu einer erwachsenen, unabhängigen Persönlichkeit geworden. Auch ich war in der Zwischenzeit gewachsen, so daß wir uns auf neue Art und Weise begegnen konnten. Wie sagte doch jemand so schön: „Nicht die Erwachsenen produzieren Kinder, sondern die Kinder Erwachsene." Es kommt die Zeit, daß die Kinder sich von ihren Eltern trennen, aber die Eltern müssen sich unbedingt auch von ihren Kindern trennen.

Ich brauche dir überhaupt nicht leid zu tun. Es geht mir gut, und ich betrachte es als eine Ehre, die Mutter dieser Kinder zu sein!

Wenn mich heute jemand fragt: „Was soll ich bloß mit meinem leeren Haus anfangen?", gebe ich gewöhnlich den guten Rat: „Sieh zu, daß du es schnell wieder voll bekommst!"

Hier einige Tips, wie man mit dem Gefühl des Selbstmitleids fertig werden kann:

Lerne es, zwischen Selbstmitleid und Schmerz zu unterscheiden

Eine Freundin, die kurz nach mir ihren Mann verloren hatte, sagte einmal zu mir: „Ingrid, ich fühle mich innerlich so wund und traurig. Ich glaube, das ist ganz natürlich, wenn man einen solch schmerzlichen Verlust erlitten hat, aber trotzdem muß ich aufpassen, daß ich mich nicht im Selbstmitleid verliere. Gefühle an sich sind weder richtig noch verkehrt – sie sind einfach vorhanden. Wenn wir uns aber mit der Tatsache abgefunden haben, und sie nun einmal da sind, können wir sie mutig in beide Hände nehmen und dem Herrn übergeben."

Lerne es, dich selbst zu verwöhnen!

Schon die alten Pilger haben gesagt: „Lerne es, neben einer gesunden Disziplin freundlich zu dir selber zu sein." Wenn ich meinen Tag einteile, versuche ich immer eine halbe Stunde mit einzuplanen, in der ich es mir einfach gemütlich mache. Dann hole ich meine schönste Tasse aus dem Schrank, mache mir eine Kanne heißen Tee, lege eine meiner Lieblingsplatten oder -kassetten auf, lese irgend etwas, was nichts mit meiner alltäglichen Arbeit zu tun hat, sehe mir eines der großen Kunstwerke der Weltmalerei an oder zeichne etwas.

Was bedauerst du dich selbst? Ist dein Haus vielleicht in Unordnung? Oder dein Leben? Dann fang an aufzuräumen, zunächst eine Ecke, eine Schublade oder einen Schrank. Ich persönlich kann keinen vernünftigen Gedanken fassen, wenn daheim alles durcheinander ist. Wenn ich jeden Tag kleine Arbeiten im Haus verrichte, so hilft mir das, innerlich ins Lot zu kommen. An die Stelle des Selbstmitleids tritt ein Gefühl gesunder Selbstachtung. Als ich einmal vor einem Berg unerledigter Hausarbeit stand – einem Korb voll Flickwäsche, haufenweise Bügelwäsche und einem Stapel Briefe, die beantwortet werden mußten – und nicht mehr ein noch aus wußte, sagte meine deutsche Schwiegermutter zu mir: „Mach doch einfach jeden Tag etwas! Sieh nicht immer auf das, was noch zu tun ist, sondern freue dich über alles, was du bereits geschafft hast. Es ist gut, sich klarzumachen, daß nichts vollkommen ist auf dieser Welt." Anstatt also den Kopf hängen zu lassen und zu verzagen, mache ich einfach den ersten Schritt, weil ich weiß, daß auch die längste Reise mit dem ersten Schritt anfängt. *Die Hoffnung ist der Blutkreislauf, der unsere Gefühle mit allen notwendigen Nährstoffen versorgt und gesund erhält.*

Stelle dich den Realitäten

„Die Wahrheit wird euch frei machen", heißt es in der Bibel. Die unverheiratete Frau mag vielleicht denken: „Warum muß ausgerechnet ich allein bleiben?" Und die Witwe oder auch die Geschiedene, die ihren Partner verloren hat und jetzt gezwungen ist, sich allein durchs Leben zu schlagen, muß sich oft total leer und frustriert fühlen. Eine Bekannte von mir, vierzig Jahre

alt und Mutter von vier Kindern, war von ihrem Mann verlassen worden, der zu seiner jungen, hübschen Sekretärin gezogen war. Sie war verzweifelt, besonders weil ihre Kinder dazu neigten, sie für diesen Schritt des Vaters verantwortlich zu machen. Sie fand sich vor eine vollkommen neue Aufgabe gestellt: Zunächst galt es, ehrlich zu sich selbst zu werden, um anschließend eine neue Art der Selbstachtung und der Eigeninitiative zu entwickeln. Dazu war es auch notwendig, ihre Zeit genau zu planen und ihre Kenntnisse weiterzuentwickeln. Meine Bekannte ist dadurch zu einer wesentlich anziehenderen Persönlichkeit geworden, die von anderen aufgesucht und um Hilfe und Rat gebeten wird.

Als ich einmal in der Gefahr stand, in Verzweiflung zu verfallen – und der erste Schritt in die Depression ist gewöhnlich Selbstmitleid –, bat ich meinen zwölfjährigen Sohn um Rat. „Was soll ich bloß machen, David? Ich bin total fertig!" Er erwiderte: „Auf alle Fälle darfst du nicht nichts tun!" In deutsch ist die doppelte Verneinung erlaubt, und diese Antwort meines Jungen bedeutete für mich: „Tu etwas!" Ich merkte, daß ein kurzer Spaziergang, ein Besuch im Schwimmbad oder auch die Beschäftigung mit alltäglichen Hausarbeiten wie Flicken, Saubermachen oder Schuheputzen mir half, meine Aufmerksamkeit in eine andere Richtung zu lenken.

Sei dankbar!

Selbstmitleid hat etwas mit Sünde zu tun. Ein gutes Gegenmittel ist da ein Geist der Dankbarkeit. Woran denke ich morgens beim Aufwachen als erstes und abends beim Zubettgehen als letztes? An den Herrn, meinen Gott, oder an meine Probleme und daran, wie schlecht es mir geht? Wenn das letztere der Fall ist, habe ich mich selbst auf den Thron gesetzt, der Gott zusteht.

Manchmal müssen wir uns selbst, bildlich gesprochen, einen Rippenstoß geben, um das Selbstmitleid zu vertreiben. Wenn wir Gott den Thron unseres Herzens einräumen, wird die „Leichenbittermiene", die sowohl unsere Angehörigen als auch unsere Freunde abstößt, von selbst verschwinden. Wir dürfen es lernen, aus der Dankbarkeit heraus zu leben. *„Wer da hat, dem wird gegeben werden."*

Das finnische Wort für Selbstmitleid ist „sisu", was eigentlich „aushalten" bedeutet, „einfach weitermachen, weil es keine andere Möglichkeit gibt". Es bedeutet, sogar Schmerz und Leid zu akzeptieren. Auf einer Vortragsreise in Finnland hatten mein Mann und ich eine Aussprache mit einer jungen Frau von 28 Jahren. Sie wohnte mit ihrer Mutter zusammen, einer äußerst schwierigen Person, die sie pflegen mußte. Da ihre Wohnung sehr klein war, mußte die junge Frau auf der Couch im Wohnzimmer schlafen. Nie konnten Freunde sie besuchen, ohne daß die Mutter dabei war. Nachdem wir alle Möglichkeiten erwogen hatten, wie sie aus dieser „unmöglichen Situation" herauskommen konnte, war uns klar, daß es eine solche Möglichkeit nicht gab. Es blieb ihr nichts anderes übrig, als an dem Platz auszuharren, wo sie war. Walter sagte nur ein einziges Wort zu ihr: „Sisu." Ich sah, wie sie sich gerade aufrichtete und ein lieblicher Ausdruck von Entschlossenheit auf ihr Gesicht trat. Wir konnten sie nur segnen, als sie in ihre schwierige Situation, die sich nach menschlichem Ermessen nicht allzubald ändern würde, zurückkehren mußte.

Ein finnischer Architekt hat versucht, „sisu" symbolisch darzustellen, als er den Großen Bogen in St. Louis entwarf. Dieses „Tor zum Westen" ist ein Lob auf den Glauben der ersten Pioniere, die trotz aller Not, die sie zu erdulden hatten, einfach weitermachten. In Philipper 4,13 heißt es: *„Alles vermag ich in dem, der mich kräftigt"*, oder, wie eine andere Übersetzung es sagt: *„Ich habe die Kraft, allen Umständen die Stirn zu bieten, durch die Macht, die Christus uns gibt."*

Statt „Selbstmitleid" könnte man auch das Wort „Gelassenheit" einsetzen, denn Gelassenheit erwächst aus durchlebtem Leid. „Im Meer des Leidens", hat vor Jahren ein Christ geschrieben, „ertrinken manche Menschen, während andere darin schwimmen lernen."

Ich wäre so gerne Mutter

Joanna und Harry Müller

Weltstadt Zürich: geldglänzende Metropole und berühmt für Schweizer Qualität und Zuverlässigkeit – Uhren, Präzisionsinstrumente, Schokolade, Zürcher Geschnetzeltes … Ganz zu schweigen von den „sicheren" Bankpalästen, die auch heute noch weltweite Geldströme anziehen und sicherlich nicht unerheblich zum Reichtum dieser Großstadt beitragen.

Als „Lydia" sich aufmacht, um in dieser Stadt ein Interview zu haben, geht es uns nicht um die prächtigen Einkaufspaläste oder supermodernen Boutiquen. Unser Ziel finden wir – fast unscheinbar versteckt – in einer kleinen Seitenstraße, umgeben von großen Wohnblocks. „Müller" steht auf dem Türschild zu lesen. Hier also wohnen Joanna und Harry Müller. Harry, der durch seine diversen Bücher und Seminare über Eheseelsorge in christlichen Kreisen weithin bekannt geworden ist – wie dieses Ehepaar wohl im realen Alltag zurechtkommt? Wir läuten.

Es ist offensichtlich mehr als nur die Tür, die sich umgehend öffnet: Joanna empfängt uns mit einem strahlenden Lächeln, und wir spüren sofort, daß sie auch ihr Herz öffnet. Fast könnte man meinen, daß diese Frau noch keinen schweren Tag in ihrem Leben erlebt hat. Doch als wir später zusammen zu Mittag gegessen haben und dabei unsere vielen Fragen losgeworden sind, ist uns klar, daß auch Joanna Not, Kampf und Enttäuschungen nicht erspart geblieben sind. Beeindruckend ist, daß das Leben sie keineswegs mit Samthandschuhen angefaßt hat, ihr aber trotzdem weder die Freude noch ihr warmes Lächeln rauben konnte.

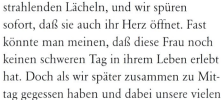
LYDIA
Interview

„Ich bin in einer lutherischen Familie aufgewachsen", erzählt sie uns, „und habe von Kind auf von Gott gehört. Ich habe sogar eine Bibelschule besucht und mit anderen über Gott gesprochen. Ich glaubte, ich sei Christ. Eines Tages fiel mir ein Plakat ins Auge, auf dem es hieß, daß Jesus Christus in die Welt gekommen ist, um die Sünder zu retten, und ich dachte bei mir: ‚Schade, dann ist Er ja gar nicht für mich gekommen!'

Aber während ich ‚L'Abri', ein internationales Studentenzentrum, besuchte, erklärte der Theologe Dr. Francis Schaeffer, daß wir alle Sünder sind und Gottes Vergebung brauchen, so wie es die Bibel in Römer 3,23 sagt. Mir wurde plötzlich klar, daß ich zwar über Gott Bescheid wußte, Ihn aber nicht persönlich kannte."

Später bat Joanna Jesus, ihr ihre Sünden zu vergeben. Sie hatte verstanden, daß die Erlösung ein Geschenk ist, das man sich nicht verdienen kann, weil Jesus am Kreuz dafür bezahlt hat.

Vor 21 Jahren heiratete sie ihren Mann Harry, einen Pfarrer. In seinem Herzen brannte der Wunsch, eine neue Gemeinde zu gründen. Manche Opfer waren für das Ehepaar Müller mit diesem Neuanfang verbunden. Man erkennt die selbstlose Liebe und Hingabe der beiden an ihrem bescheidenen Lebensstil – eine kleine, einfache Wohnung, deren größter Schmuck die liebevolle Atmosphäre der Bewohner ist. Alternativer christlicher Lebensstil in einer Stadt, deren Maßstab äußerer Reichtum zu sein scheint.

Joanna leitet wöchentlich einen Bibelkreis in ihrer Wohnung, in dem sie Frauen hilft, Gott kennenzulernen und im Glauben zu wachsen. Die Frauen treffen sich in dem kleinen Zimmer, begierig, mehr über Gott und die Bibel zu erfahren.

Harry Müller behandelt seine Frau wie die tüchtige Frau aus Sprüche 31,30-31: Er gibt gern zu, daß sie Lob und Anerkennung verdient hat. „Sie ist die größte Hilfe in meinem Dienst", sagt er. „Wir zwei sind ein gutes Team."

Die Liebe, die aus Joannas Augen strahlt, wenn sie ihren Mann ansieht, spricht für sich – und für die Beziehung der beiden zueinander. Auch die Trauer darüber, keine Kinder zu haben, hat das Ehepaar nicht auseinanderbringen können, sondern eher noch fester zusammengeschmiedet. „Eigentlich schade, daß Harry nicht Vater geworden ist", sagt sie leise. „Er wäre bestimmt ein guter Vater geworden." „Aber", fällt Harry ein, „Gott muß wohl einen anderen Plan mit unserem Leben haben."

Offensichtlich – denn scheinbar kann nichts Joanna Müller davon abhalten, Menschen Leben weiterzugeben, wenn auch auf ganz andere Weise, als sie es sich ursprünglich gewünscht hat.

Joanna, welche Erwartungen hatten Sie an die Ehe, als Sie Harry heirateten?

In unsere Ehe brachte ich alle meine unerfüllten Bedürfnisse nach Liebe, Geborgenheit und Verständnis mit. Unbewußt erhoffte ich mir für vieles, was mir in der Kindheit gefehlt hatte, hier einen Ersatz zu finden. Erst später ist mir klargeworden, daß manche meiner Erwartungen nicht realistisch waren. Dazu gehörte beispielsweise die Vorstellung, daß wir jede Menge gemeinsame Zeit verfügbar hätten. Am Anfang in Zürich waren wir dann beide zwischen dem Gemeindebau und der Berufstätigkeit so engagiert, daß wir zeitweise fast einen Hotelbetrieb führten. Das war für mich schon eine Ernüchterung.

Ihr Mann schrieb das Buch „Eheseminar mit Pfiff". Er erwähnt die drei wichtigsten Bedürfnisse der Frau in der Ehe.
Welche sind diese drei Bedürfnisse im Privatleben, und wie erfüllt Harry sie?

Erstens, Zuneigung:
Harry hat mir schon, als wir uns kennenlernten, seine Aufmerksamkeit durch Kleinigkeiten gezeigt: ein Mitbringsel, ein Abendessen, ein Liebesbrief oder ähnliches. Uns beiden war auch immer Körperkontakt wichtig, und das ist bis heute so geblieben: Händehalten, Umarmen, Küssen und anderes, was Spaß macht.

Zweitens, Verständigung:
Er hatte es nicht leicht mit mir am Anfang unserer Ehe. Ich hatte jahrelang viele meiner Gefühle unterdrückt. Wenn es mir nicht gut ging, zeigte ich das nicht. Dazu kam, daß ich, bedingt durch meine Erziehung, Wünsche selten direkt ausdrückte. Meine verschlüsselten Botschaften führten oft zu Konflikten. Was ich besonders schätze an ihm, ist seine Belehrbarkeit. Er sucht Kritik, und da, wo wir unterschiedlicher Meinung sind, gibt es keine abfälligen Bemerkungen. Sein Respekt und seine Aufmerksamkeit sind mir viel wert.

Drittens, Ehrlichkeit und Offenheit:
Wegen meiner oft vorschnellen und eher impulsiven Art zog er sich manchmal zurück. Über heikle Fragen konnten wir oft nicht reden, weil er meine Reaktion fürchtete. Erst als ich meine eigene Angst vor Ablehnung überwand und mir seiner Vertrauenswürdigkeit gewiß war, änderte sich das. Heute, nach Jahren des Übens und Lernens, sind wir ein ganzes Stück weitergekommen.

Ihr Mann ist der Ansicht, daß das Selbstwertgefühl vieler Frauen daraus resultiert, wie ihr Mann sie behandelt. Und woher bekommen Sie Ihr Selbstwertgefühl?

Ich bin aufgewachsen mit einem Wertsystem, das sich vor allem an Aussehen, Bildung und Besitz orientierte. Schon früh war ich mit der Tatsache konfrontiert, daß Menschen ihren persönlichen Wert durch ihre äußere Erscheinung und ihren beruflichen Erfolg definieren. Erst als mir klar wurde, daß Gott mich so liebt, wie ich bin, und daß Er mir vergeben hat, stabilisierte sich mein Selbstwertempfinden.

Kinderlose Frauen leiden manchmal unter Minderwertigkeitsgefühlen. Wie ist das bei Ihnen?

Am Anfang unserer Ehe hatte ich die Pille genommen. Nach zwei Jahren setzte ich sie ab und rechnete freudig damit, bald Mutter zu werden. Ich kaufte mir allerlei Bücher, um mich auf die Mutterschaft vorzubereiten. Aber das Glück blieb aus. Mit jedem Jahr wuchs meine Angst, keine Kinder zu bekommen. Ich wollte besonders meiner eigenen Familie beweisen, daß ich Kinder haben konnte. Kinder als Mittel zur Selbstbestätigung sind natürlich ein denkbar schlechtes Motiv, um Minderwertigkeitsgefühle loszuwerden.

Ich habe Gott oft angeklagt und an Seiner Liebe gezweifelt, weil es mit der Schwangerschaft einfach nicht klappen wollte. Wie konnte Gott das nur zulassen?

Heute sehe ich das anders. Unsere Kinderlosigkeit beurteile ich nun als großen Segen. Gott ließ mich manches erleben, was mit Kindern nicht möglich gewesen wäre. Natürlich blieb mir auch vieles versagt, was nur durch Kinder möglich ist. Mir scheint, die Erfüllung als Frau beruht letztlich nicht in ihrer Fruchtbarkeit, sondern in ihrer Hingabe.

Welche Verletzungen haben Sie durch die Kinderlosigkeit erlebt?

Die meisten durch gutmeinende Christen. Manche haben Karten geschickt als Ausdruck ihres (unerwünschten) Mitleids. Es gab Leute, die meinten, ich hätte ohne Kinder wohl nichts anderes zu tun als zu Hause rumzusitzen, und bloße Gemeindearbeit fülle eine Frau doch auch nicht aus! Um ehrlich zu sein, ich habe mir oft Kinder gewünscht als Entschuldigung, um in der Gemeinde nicht überall engagiert zu sein. Die Ansprüche an kinderlose Frauen, die nicht berufstätig sind, können unrealistisch hoch sein.

Oft machten mir junge Mütter Mühe, die mich bedauerten oder die es schlichtweg nicht glauben konnten, daß jemand auch ohne ein Baby glücklich sein kann. Meine Schwiegermutter war mir eine große Unterstützung während dieser Zeit. Ich werde ihre mutmachenden Worte nicht vergessen.

Was waren ihre Worte?

„Lebenserfüllung ist nicht von Kindern abhängig. Du bist als Frau wertvoll auch ohne Clan."

In jeder Ehe gibt es Probleme. Wie lösen Sie sie, oder – besser gesagt – wie streiten Sie?

Unser letzter Streit liegt zwanzig Jahre zurück … nein, ehrlich: Erst kürzlich haben wir uns gezankt, und der Auslöser war ein Mißverständnis. Das geschieht öfter, denn wir sind so unterschiedlich. Er nimmt sich im allgemeinen eher ernst. Ich nehme das Leben lockerer. Unser unterschiedliches Temperament ist Auslöser für Spannungen. Da reden wir dann offen miteinander und achten besonders auf unseren Tonfall und die Art und Weise, wie wir miteinander umgehen.

Wie zeigen Sie Ihrem Mann, daß Sie ihm vergeben haben?

Wir diskutieren über unsere gegenseitige Verletzung. Wenn ich sehe, daß Harry meine Gefühle respektiert, also nicht bagatellisiert, und zu seiner eigenen Schuld steht ohne Rechtfertigung, vergesse ich, was vorgefallen ist. Und das tue ich tatsächlich. Die Sache wird später nicht wieder ausgegraben.

Warum vergeben Sie?

Weil ich selbst Vergebung erfahren habe.

Harry, es scheint, als wüßten Sie für alle Eheprobleme die richtige Antwort. Verraten Sie uns doch bitte die drei wichtigsten Bedürfnisse des Mannes.

Es ist ein Kennzeichen christlicher Überheblichkeit, die Idee zu vermitteln, der Glaube hätte jede Antwort und löse jedes Problemchen. Wir machen oft die gegenteilige Erfahrung. Manchen Zoff löst der Glaube erst aus. Pauschalaussagen müssen daher suspekt sein. Ich würde mir nicht anmaßen, global für meine Zunft zu sprechen. Menschen, auch Männer, sind keine Maschinen. Genausowenig wie es fein säuberlich verpackt *die* drei Bedürfnisse der Frauen gibt, läßt sich das für Männer verabsolutieren. Die im „Eheseminar mit Pfiff" erwähnte Studie von Willard Harley nennt erstens *sexuelle Erfüllung*, zweitens *freizeitliche Gemeinschaft* und drittens *Attraktivität* des Partners als grundlegenden Bedürfnishorizont vieler Männer. Das heißt jedoch nicht, daß diese Kategorien stereotyp für jeden Mann gelten. Entscheidend ist letztlich nicht, welche die drei wichtigsten Bedürfnisse sind. Ob eine Beziehung überlebt, hängt davon ab, ob die jeweiligen Bedürfnisse gegenseitig wahrgenommen und wenigstens ansatzweise erfüllt werden.

Das erste Bedürfnis ist sexuelle Erfüllung. Warum ist das so wichtig?

Der männliche Hormoncocktail ist anders gemixt als der weibliche. Männer haben einen fünfzehnmal höheren Testosteron-Spiegel als Frauen. Die unterschiedliche hormonelle Verdrahtung ist schöpfungsbedingt und hat unter anderem zur Folge, daß unsereiner schneller auf visuelle Stimulierung reagiert. Dazu kommt, daß praktisch alle Jungen mehr oder weniger intensive Masturbations-Erfahrungen in die Ehe mitbringen. Der starke Sexualtrieb und das angelernte Reaktionsmuster der Selbstbefriedigung bewirken eine hohe Erwartung an die sexuelle Erfüllung in der Ehe. Die Ernüchterung folgt meistens bald.

Die religiös und sexuell repressiv erzogene Frau bringt vielfach weniger Erfahrung und auch geringere Motivation in die Ehe. Im Bett begegnen sich dann zwei ganz unterschiedliche Horizonte. Der Konflikt ist nur eine Frage der Zeit.

Kann eine Frau diesbezüglich etwas lernen, wenn ihr das nicht so liegt?

Zweifellos! Nicht nur sie kann lernen, auch er. Er weiß, was ihm wo und wie Spaß macht, und nun muß er seiner Frau helfen, damit sie lernen kann, ihre eigene Sexualität zu genießen.

Ich möchte keine Schätzung wagen, aber ich weiß, ein hoher Prozentsatz von gläubigen, verheirateten Frauen erleben nur selten einen Orgasmus, wenn überhaupt. Unnötige Schuld- und Schamgefühle, ungenügende Körperkenntnis und anerzogene Verklemmtheit müssen abgebaut werden. Vielen Frauen könnte durchaus geholfen werden, wenn sie sich ihren eigenen Aufholbedarf nur eingestehen würden. Es gibt inzwischen jede Menge guter Hilfsangebote.

Was ist eine Ehefrau?

*Eine Geliebte,
während des ganzen Lebens ihres Mannes
Eine Gehilfin,
wenn die Last schwer wird
Ein Freund,
wenn alle anderen Freunde sich
abgewendet haben
Ein Lächeln bei jeder Freude
Eine Träne bei jeder Sorge
Ermutigung für jeden Traum
Charme, Liebe, Entzücken, Hoffnung,
Träume, Verzauberung und Fröhlichkeit –
all dies verpackt
in die wunderbarste Frau der Welt:
das ist eine Ehefrau.*

„Du schaffst es!"
Ohne Arme geboren: Ein junges Mädchen schwimmt um die Goldmedaille

Lena Maria Johansson

Der Tisch für unsere Gäste war gedeckt. Die hohen Trinkgläser aus rosafarbigem Glas warteten am richtigen Platz. Dann trafen die Gäste ein: Lena Maria und ihre Begleitperson.

Zu meiner Überraschung mußte ich feststellen, daß Lena Maria beide Arme fehlten. „Wie wird sie essen?" fragte ich mich im stillen. „Ob ich ihr Hilfe anbieten soll?"

Ohne Umstände und überaus geschickt hob Lena Maria ihren rechten Fuß auf den Tisch, nahm die Gabel mit ihren Zehen auf und begann zu essen – genauso wie jeder „nicht-behinderte" Gast es mit der Hand getan hätte. Sie bewältigte die Erbsen mit der Anmut und Formvollendung einer gesellschaftlich höchst versierten jungen Dame. Selbst der Kaffee in einer Tasse bereitete ihr keinerlei Schwierigkeiten.

Lena Maria wurde ohne Arme und ohne linken Unterschenkel geboren. Die Ärzte boten den Eltern an, das behinderte Kind „wegzugeben". Doch als die Johanssons das lächelnde Gesicht ihres Babys sahen – das bis heute nichts an strahlender Frische verloren hat –, konnten sie gar nicht anders, als sie in ihr Herz zu schließen und zu behalten. Sie machten Lena Maria das größte Geschenk, das Eltern zu geben haben: ein mit Liebe geschnürtes Päckchen voll Optimismus und Ermutigung: Du schaffst es, Lena Maria!

Ja, Lena Maria schafft es. Zwei Jahre lang war sie Mitglied der schwedischen Schwimmer-Nationalmannschaft. Sie nahm sogar an der Olympiade teil! Bei den Weltmeisterschaften errang sie zweimal Gold und einmal Bronze, bei der Europameisterschaft viermal Gold.

Obwohl sie zum Gehen eine Prothese benötigt, fährt sie ihr eigenes Auto, einen speziell umgebauten Honda Prelude.

Heute geht die 26jährige Sängerin auf Tournee, bereist Europa, Amerika, Rußland und sogar Japan, wo sie im Fernsehen auftrat und von einer Sonderkommission für Behinderte der Vereinten Nationen eingeladen wurde. Als Mitglied der „Missionary Alliance" stellte sich die junge Schwedin, die später einmal heiraten und eine Familie gründen möchte, für missionarische Dienste in Indien zur Verfügung.

Neben ihren Leistungen und Fähigkeiten ist es ihre erfrischende Fröhlichkeit, die sich unserer Erinnerung einprägt. Sie sprudelt einfach über. Keine Spur von Traurigkeit oder Selbstmitleid über ihre „Behinderung". Nach dem Grund dieser hellen Freude befragt, erklärt sie nur: „Jesus."

Trotz vieler Gründe, mit ihrem Leben zu hadern oder gar zu resignieren, schätzt Lena Maria ihre Lage so ein: „Ich bin anders, etwas Besonderes", sagt sie, „weil ich etwas habe, das andere nicht haben, und Gott gebraucht diesen Unterschied zu Seiner Verherrlichung."

Lena Maria, die meisten Eltern sehen der Ankunft ihres ersten Kindes mit großer Erwartung entgegen. Als Sie geboren wurden – ohne Arme und ohne den linken Unterschenkel – wie reagierten da Ihre Eltern? Haben sie Sie angenommen?

Ich weiß nicht, was sie empfanden, aber ich bin sicher, daß es wirklich eine emotional schwierige Zeit für sie war. Mehr als ich es mir je vorstellen kann. Aber als Christen wollten sie ihr Baby behalten, weil sie mich als Geschenk Gottes betrachteten. Heute sagen sie mir: „Am dritten Tag sahen wir dich lächeln, und dann konnten wir gar nicht anders, als dich liebzuhaben."

Wie haben Ihre Eltern Sie erzogen?
Meine Eltern haben mich nie behandelt, als ob ich anders wäre, oder mir irgendein Vorrecht gegenüber meinem Bruder eingeräumt; in ihren Augen waren wir gleichberechtigt. Außerdem haben sie mich nie als Behinderte erzogen, sondern einfach als Lena Maria. Für sie war ich ein normales Baby und Kind.

Eine andere, wichtige Einstellung war, daß sie nie versuchten, mich übermäßig zu behüten oder davon abzuhalten, etwas Neues auszuprobieren, selbst wenn es vielleicht am Anfang unmöglich schien. Sie ermutigten mich vielmehr zu jedem Vorhaben, das mich interessierte.

Ich glaube wirklich, daß ihre Art des Umgangs mit mir der Grund ist, weshalb ich mich nicht als Behinderte betrachte. Ich betrachte mich als normalen Menschen, der einfach alles auf andere Weise tut.

Außerdem bin ich davon überzeugt, daß wir, sobald wir eine Aufgabe bewältigen können – selbst wenn wir tausend Hilfen dazu benötigen –, nicht wirklich behindert sind.

Ich betrachte mich als normalen Menschen, der einfach alles auf andere Weise tut.

Jeder Mensch kann bestimmte Aufgaben bewältigen, während ihm andere unmöglich sind. Man könnte sagen, jeder ist irgendwie behindert, eben nur in unterschiedlichen Situationen. Statt sich auf die Dinge zu konzentrieren, die wir nicht tun können, halte ich es für wichtiger, zu erkennen, was wir tun können und damit weiterzumachen.

Gab es eine medizinische Erklärung für das Fehlen Ihrer Gliedmaßen?
Nein, es war völlig unerwartet. Später versuchten die Ärzte, die Ursache aufzudecken, konnten aber keine Erklärung finden. Meine Mutter hat während der Schwangerschaft keine Tabletten oder Medikamente eingenommen.

Wie haben Sie gelernt, Ihre Füße zu benutzen?
Eine Sonderschule hätte mir nicht helfen können, weil es keine gab, die mir hätte zeigen können, wie ich meine Hände durch meine Füße ersetzen sollte. Ich mußte es einfach allein lernen. Ich beobachtete meine Mutter bei allem, was sie tat, und versuchte dann, es ihr mit den Füßen nachzumachen. Zum Beispiel begeisterte es mich, meine Mutter stricken zu sehen; also versuchte ich es auch.

Sie können stricken? Wie machen Sie das?
Ich benutze beide Füße. Ich kann sogar meine Kleider selbst nähen, wenn ich die Zeit dazu habe.

Kochen Sie auch?
Ja. Meine Wohnung sieht aus wie jede andere auch. Außer in der Küche, dort habe ich einen hohen Stuhl auf Rollen. Dadurch befinden sich meine Füße in der richtigen Höhe, so daß ich kochen und Geschirr spülen kann.

Die Arme fehlen Ihnen, aber haben Sie mehr Bewegungsspielraum in den Schultern, den Sie sich zunutze machen können?
Als ich ein Jahr alt war, wurde mir eine Rippe entnommen und in den rechten Armstumpf eingefügt. Dadurch wurde meine Schulter etwas länger und kräftiger, so daß ich auf dieser Schulter Bücher, Taschen, Tabletts und viele andere Dinge tragen kann.

Wie bewerten Sie Ihre Behinderung im Licht der Absicht, die Gott für Ihr Leben hat?
Ich weiß, daß Gott uns erschaffen*¹ und daß Er einen besonderen Plan für jeden Menschen hat *². Wenn etwas Schlechtes geschieht, dann kann Er es in etwas Gutes verwandeln*³. Ich habe wirklich erlebt, wie Er das in bezug auf meine Behinderung gemacht hat.

Deswegen habe ich in meinem ganzen Leben nie über meinen Zustand weinen müssen, und ich war auch nie von Gott enttäuscht, weil ich nicht so bin wie alle anderen. Statt dessen lebe ich in dem Bewußtsein, daß ich mich in einer wahrhaft besonderen

Situation befinde, daß es etwas Positives ist, das nicht jedem widerfährt.

Es ist fast unglaublich, daß Sie zur Weltklasse der Schwimmer gehören.
Von 1986 bis 1988 war ich in der schwedischen Schwimmer-Nationalmannschaft, einschließlich der Weltmeisterschaft von 1986 und den Olympischen Spielen 1988 in Seoul, Korea.

Wie war es bei der Olympiade?
Tja, nicht so gut wie bei der Welt- und der Europameisterschaft. Ich erreichte einen vierten, fünften und sechsten Platz.

Wie schwimmen Sie denn ohne Arme?
Mein besonderer Schwimmstil ist Delphin, weil man dabei den ganzen Körper in einer Wellenbewegung einsetzt, und mein Bein kann die nötige Geschwindigkeit erzielen. Beim Rückenschwimmen mache ich es genauso, allerdings in Rückenlage. Im Brustschwimmen bin ich wirklich sehr langsam.

Ihre Karriere als Sängerin begann nach der Olympiade. Wie kam es dazu?
Aufgrund der Öffentlichkeitswirkung brachte das schwedische Fernsehen eine Sondersendung über mich. Danach bekam ich viele Anrufe und wurde eingeladen zu singen. Zuerst war es vor allem in schwedischen Kirchen.

Aber Sie sind auch viel gereist und haben in anderen Ländern gesungen?
Na ja, einige Japaner sahen die schwedische Sendung und wollten etwas Ähnliches produzieren. Mir war es ein Vergnügen, denn ich war schon einmal in Japan gewesen und hatte mich in dieses Land verliebt. Ich spürte, daß Gott mir Japan ganz besonders aufs Herz gelegt hat, wußte aber nicht, weshalb. Mir war nur klar, daß ich zurückkommen wollte; deshalb war die Einladung zu dieser japanischen Fernsehsendung eine überraschende Antwort auf meinen Wunsch.

Bei dieser Fernsehsendung hatten sie aber alle Passagen herausgeschnitten, die davon handelten, daß ich Christ bin und an Jesus glaube. Bei der Live-Sendung konnten sie dann aber nichts zensieren. Als der Moderator mich fragte: „Sie sind eine erstaunliche Frau. Was gibt Ihnen die Kraft, all das zu tun?", da hatte ich nur eine Antwort: „Jesus. Er gibt mir die Kraft und alles andere, was ich brauche. Das ist der Grund, weshalb mir nichts fehlt und weshalb ich mir nicht wünsche, jemand anders zu sein."

Das war der eigentliche Beginn meiner Arbeit in verschiedenen Ländern.

Wie kommt es, daß Sie so viel Zeit mit Reisen verbringen, statt zu Hause bei Ihrer Familie und Ihren Freunden zu bleiben?
Mein Leben lang wollte ich tun, was Gott von mir will, und das hier ist Sein Plan für mein Leben. Er hat die Türen geöffnet und mir diese Möglichkeiten geschenkt, anderen Menschen über Ihn zu erzählen. Es wäre manchmal leichter, zu Hause zu bleiben und einfach auszuspannen. Aber es wäre nicht gut oder richtig, meine Talente nicht für Ihn einzusetzen. Ich meine, schließlich hat Er mir diese Talente ja geschenkt.

Viele Frauen empfinden, daß sie keine besonderen Talente haben, womit sie Gott dienen könnten.
Ich glaube, daß Gott jede einzelne mit besonderen Gaben und Talenten erschaffen hat; und so hat Er auch für jede einzelne eine andere Aufgabe. Aber diese Aufgabe ist nicht das Wichtigste; worauf es am meisten ankommt, ist unsere Beziehung zu Gott. Wahre und anhaltende Freude stammt nur aus einer engen Beziehung zu Ihm – und nicht aus den Dingen, die ich für Ihn tue.

Ich glaube, wenn wir den Herrn von ganzem Herzen suchen und die Beziehung zu Ihm wirklich vertiefen wollen, dann werden die anderen Dinge selbst folgen. „Euch aber muß es zuerst um sein Reich und um seine Gerechtigkeit gehen; dann wird euch alles andere dazugegeben" (Matthäus 6,33). Diese Schriftstelle ist so wahr: Wenn wir Ihn an die erste Stelle setzen, dann kann Gott uns zu der Freude und dem Frieden verhelfen, den wir brauchen, und uns auch in allen anderen Bereichen unseres Lebens helfen. ❦

*[1] Psalm 139,13 – *[2] Psalm 139,16 – *[3] Römer 8,28*

> *Ich glaube, daß Gott jede einzelne mit besonderen Gaben und Talenten erschaffen hat; und so hat Er auch für jede einzelne eine andere Aufgabe.*

Schmunzel-Geschichten

Meine Schönheitskönigin

Harold B. Smith

Nach 16jähriger Ehe kenne ich inzwischen einige Seiten meiner Frau, die sich wohl niemals ändern werden. Zum Beispiel: Sie wird mir unser Auto vermutlich immer nur mit einem winzigen Benzinrest im Tank zurückstellen. Des weiteren ist es unabänderlich, daß Judith immer zu wenig Schuhe hat. „Weißt du, Harold, zum weißen Rock hab' ich nicht die passenden Schuhe!" Aber noch unausweichlicher als Benzin- oder Schuhmangel ist Judiths Angewohnheit, wenigstens einmal jährlich eine Schlankheitskur zu machen – Judith, meine bildhübsche Frau, die Augen hat, daß jedes Glamourgirl vor Neid erblassen könnte! Obwohl es bis zum nächsten Strandurlaub noch Monate dauert, ist der „Blitzschnellschlank-Erdbeertrunk" Judiths gegenwärtiges Lieblingsgetränk – wieder einmal!

In Wirklichkeit haßt Judith diesen „Blitzschnellschlank-Erdbeertrunk". Er schmeckt wie parfümierter Kalkstaub und hinterläßt, wenn er nicht gut durchgerührt ist, so etwas wie knirschenden Kies zwischen

den Zähnen. Aber diese momentane Qual ist nach Judiths Meinung geringfügig im Vergleich zu der, in der Öffentlichkeit einen Badeanzug tragen zu müssen, der die Mängel der Figur verrät. Wohlgemerkt, wir reden hier nicht von zweiteiligen knappen Bikinis, sondern von jeder Kleidung, die eng am Körper anliegt. Aber, wenn es nach Judith geht, wird sie bis zu ihrem 100. Geburtstag nichts derartig Verräterisches tragen. Nun kann ich mir aber um alles in der Welt nicht vorstellen, weshalb ausgerechnet meine schöne Frau Badeanzüge und gewisse mittelalterliche Folterinstrumente auf einen Nenner bringt. (In der „Eisernen Jungfrau" konnte man sich wenigstens verstecken.) Aber ich weiß, daß ihr Kummer mit ihrem Körperbewußtsein echt ist – das hat sie mit vielen Frauen gemeinsam.

79 Prozent aller Frauen in der westlichen Welt fasten – angefangen von ein paar Tagen bis hin zur täglichen Kalorieneinschränkung. Und Motivation dafür ist einfach die Annahme, sie seien übergewichtig.

Ich erlebte Judiths „Gewichts-Panik", als wir kürzlich gemeinsam einen neuen Badeanzug einkaufen gingen. „Nun, Liebling, was denkst du?" fragte meine Frau, die sich in der Ankleidekabine in ein Modell verwandelt hatte, unsicher. „Ich denke, du bist wunderschön, Schatz, und das ist mein Ernst!" „Ich schaue doch nicht aus wie eine Elefantendame – oder ???" „Natürlich nicht! Los, kauf den Badeanzug!" „Denkst du nicht, er sitzt zu knapp?" fragte sie, an sich herumzupfend. „Nein, du siehst großartig aus, zum Anbeißen! Los, kauf ihn!" „Ich muß zehn Pfund abnehmen …" „Du siehst doch großartig aus!" „Ich will mir's überlegen." Das hieß mit anderen Worten: „Ich bin zu dick." Und – der verschmähte Badeanzug wird zurückgehängt, um durch losere Kleidung ersetzt zu werden. Bald darauf kauft sie den ersehnten Badeanzug vielleicht doch noch, aber nur mit der selbst auferlegten Verpflichtung, zehn Pfund abzunehmen, ehe sie hineinschlüpft. Und erst muß sie natürlich noch die passenden Sandalen dazu finden …

Marilyn Monroe war natürlich keine Twiggy. Verstehen Sie mich bitte recht: ich möchte nicht, daß Judith sich irgend etwas kauft, das ihr nicht steht oder worin sie sich nicht wohlfühlt. Aber das eben beschriebene Gespräch zwischen uns macht doch deutlich, daß Judith und ich ihre Figur offensichtlich ganz unterschiedlich beurteilen. Ich kann nicht verstehen, woher es kommt, daß Judith oder irgendeine andere Frau ihr Äußeres so hart beurteilen. Aber, genauer betrachtet, stammt dieser Druck offensichtlich von den Fernseh-Shows, die einheitlich makellose Körper zeigen (Gott sei Dank für Ausnahmen!). In dieselbe Richtung weisen die Anzeigen in den Illustrierten mit ihren verführerischen fön-gekämmten Einheitstypen, Männer und Frauen, die an den Mythos vom makellosen Körper glauben machen (oder wenigstens an den vollendeten Frauenkörper).

Natürlich diktiert der Modetrend, wie dieser Musterkörper zur Zeit auszusehen hat. Im Lauf der Geschichte hat sich das Schönheitsideal aber von den molligen, breithüftigen Frauen auf den Gemälden der Klassik gewandelt – bis hin zu den muskulösen Bodybuilding-Mädchen des Jahres 1990.

Während meiner eigenen Lebenszeit ist der Marilyn-Typ dem Twiggy-Ideal gewichen, und dies hat sich weiter von Jahr zu Jahr geändert. Um die Wahrheit zu sagen (den Modefotografen oder Fitneß-Zentren zum Trotz), endet die Suche nach dem vollkommenen Körper, noch ehe sie beginnt: Schließlich stehst du mit dem Körper da, in den du hineingeboren bist – den Körper, den Gott dir gab. Und das ist wirklich eine erfreuliche Feststellung.

Einmalig zu sein ist schön

Ich weiß, Judith findet das vielleicht nicht so erfreulich – aber wenn ich an die Alternative denke: Sie könnte es dahin bringen, wie all die Frauen in den Modezeitschriften und -journalen auszusehen! Jeder weiß, wovon ich spreche: Lange Haare, lange Beine, perfekter Teint, makellose Zähne ... total langweilig! Langweilig? Nun, wie soll man es sonst nennen, wenn jemand genau einem Schema gleicht? Aber niemand sieht wie Judith aus. Ihre Augen! Sie sind warm, leuchtend, lebendig. Ihr Lächeln! Ich habe

Lange Haare, lange Beine, perfekter Teint, makellose Zähne ... total langweilig!

schon gehört, wie Leute im Restaurant am Nebentisch sich zuflüsterten: „Was für ein reizendes Lächeln hat die Frau dort neben dem kahlköpfigen Burschen!"

Ich ziehe meine Frau jeder anderen vor, die mir ein tolles Erlebnis mit ihr versprechen würde. Und – es ist meine Aufgabe als ihr Ehemann, diese Tatsache Judith an jedem Tag unseres Ehelebens wissen zu lassen. Es ist mein Vorrecht, Judith zu helfen, sich selbst so zu sehen, wie sie wirklich ist – und ihre gottgegebenen Vorzüge hervorzuheben.

Das heißt nicht, daß sich Judith nie über den Kauf eines Badeanzugs freuen wird. Aber sie weiß wenigstens, daß sie nicht mit einem der grinsenden Einheitstypen in irgendeiner Modezeitschrift um meine Aufmerksamkeit wetteifern oder um ihr Selbstwertgefühl ringen muß. Sie hat die Freiheit, ihre Fastenkur um ihrer Gesundheit willen durchzuführen.

Das bringt mich wieder auf den „Blitzschnell-schlank-Erdbeertrunk" zurück. Vier Wochen lang hat sie diese Diät durchgehalten, und gerade heute verkündet Judith triumphierend, daß sie einige kostbare Pfunde losgeworden ist. Ich bewundere ihre Willenskraft. Aber unsere beiden Söhne waren davon nur wenig beeindruckt: „Du bist doch schon immer die schönste Mama der Welt gewesen!" Aus dem Munde der Kinder ... Steck dir das hinter den Spiegel, mein Glamourgirl! ❧

Melanie entdeckt im Sprechzimmer des Arztes ein Skelett und fragt, was das denn sei. Der Doktor erklärt ihr, daß das die Knochen eines Menschen seien, die nach dem Tod übrigbleiben.
„Ach", meint Melanie, „dann kommt also nur der Speck in den Himmel?"

Katrin Ledermann

Auf dem Motorrad in die Kurven

Anne Dueck mit Helen Lescheid

Stellen Sie sich vor: Sie sind 53 Jahre alt, Ihre Kinder bereits erwachsen. Und jetzt erwartet Ihr Mann plötzlich, daß Sie zu ihm aufs Motorrad steigen. Das kann doch nicht sein Ernst sein!

Ich hörte, wie das Motorrad meines Mannes durch die Ausfahrt donnerte und zum Hoftor hinausfuhr. „Wieder einen ganzen Tag allein!" dachte ich bitter. Es war der 1. Juli 1983, der kanadische Unabhängigkeitstag. Tony, mein 59jähriger Mann, würde diesen wunderbaren sonnigen Feiertag mit Freunden aus der Gemeinde verbringen und mit ihnen einen Motorradausflug machen.

„Mit 53 Jahren", hatte ich ganz entschieden gesagt, „werde ich mich doch nicht mehr auf ein Motorrad setzen! Die Leute würden ja denken: Was hat denn die Grauhaarige da auf einem Motorrad verloren? Außerdem ist es kalt und sehr gefährlich. Wirklich, eine total verrückte Idee!"

Zitternd und frierend von hinten auf den Motorradhelm meines Mannes zu starren, war nicht die Art und Weise, wie ich mir einen Ausflug ins Grüne vorstellte. Dabei war unsere Gegend mit ihren üppigen Feldern und Wiesen und den vielen schönen Aussichtspunkten wirklich sehenswert.

Ich stürmte in die Garage, die ich als Nähzimmer für mein Gardinengeschäft eingerichtet hatte, und fing an, Stoff zuzuschneiden. Die ganze Zeit über surrte meine Nähmaschine wie wild, während ich innerlich vor Zorn kochte: „Letztes Wochenende nach Westen an die Küste ... dieses Wochenende nach Südosten zum Mount Baker ... wo er wohl nächstes Wochenende hin will?"

Mount Baker mit seinem schneebedeckten Gipfel war ein phantastisches Ausflugsziel für einen schönen Sommertag. Zudem lag er auch nur eine Autostunde entfernt. Ich sah auf die Uhr. Jetzt aßen sie wahrscheinlich gerade auf dem Berg zu Mittag.

„Er hätte ja zum mindesten fragen können, ob ich mit wollte!" Mit einem wütenden Ruck zog ich den Stoff aus der Maschine. „Dann hätte ich wenigstens die Genugtuung gehabt, nein zu sagen!"

Sonst hatten wir an den Wochenenden und Feiertagen immer etwas gemeinsam unternommen. Bei diesem Gedanken füllten sich meine Augen mit Tränen. Tony und ich kamen beide aus deutschen Mennoniten-Familien, die sich in der Ebene von Saskatchewan angesiedelt hatten. Als wir heirateten, war er 23 und ich 18. In den 36 Jahren unserer Ehe hatten wir nicht nur vier großartige Kinder zusammen aufwachsen sehen, sondern auch sonst viele schöne gemeinsame Stunden erlebt. Ich erinnerte mich an manch ausgiebige Fahrt in die Umgebung, an die sonntäglichen Besuche bei guten Freunden und die Arbeit in unserem Gemüse- und Kräutergarten.

1965 waren wir auf eine Erdbeerplantage in Abbotsford gezogen, wo Tony als Mechaniker arbeitete und ich als Gardinennäherin. Nach unserem Umzug in die Stadt hatten wir dann beide mit einem eigenen Geschäft begonnen: Tony hatte eine Fahrschule eröffnet, und ich entwarf Fensterdekorationen.

Im Laufe der Jahre hatten wir uns so gut aufeinander eingespielt, daß Worte zwischen uns häufig überflüssig waren. Ein Händedruck, ein Lächeln oder auch nur ein Blick genügten, um zu wissen: Wir verstehen uns! Wir waren immer gern zusammen – wenigstens bis vor kurzem! Ich hatte versucht, Tony davon abzuhalten, sich ein Motorrad anzuschaffen, aber er hatte sich durchgesetzt und es trotzdem gekauft. Ursprünglich waren unsere heranwachsenden Söhne schuld daran, daß ihr Vater mehr und mehr Gefallen am Motorradfahren fand. Doch inzwischen waren sie erwachsen und aus dem Haus, und nun hatte Tony sich vor kurzem selbst eine starke Maschine zugelegt. Einfach lächerlich! In diesem Alter!

Sein Motorrad war mein Problem

„Das treibt direkt einen Keil zwischen uns!" überlegte ich aufgebracht.

Ich war gerade in der Küche geräuschvoll mit der Vorbereitung des Abendessens beschäftigt, als Tony hereingefahren kam und sein Motorrad vor dem Haus abstellte. Sonnenverbrannt und fröhlich, wollte er mir sogleich von den Ereignissen des Tages berichten. „Das war toll …!" fing er an – aber ein Blick in mein Gesicht ließ ihn verstummen. Ich war so traurig und wütend, daß ich kein Wort herausbrachte.

Tag für Tag steigerte ich mich immer mehr in ein ungesundes Selbstmitleid hinein. Tony versuchte, logisch mit mir zu argumentieren: „Versuch es doch wenigstens einmal, Anne!" Er, der große, starke, für gewöhnlich eher schweigsame Mann, beobachtete mich besorgt, aber – ich zeigte ihm nur die kalte Schulter. Ich ärgerte mich über seine freudlichen Worte und hatte doch gleichzeitig ein schlechtes Gewissen.

Wenn er morgens in seine Fahrschule gegangen war, versuchte ich, meinen Ärger abzureagieren, indem ich meterweise Gardinenstoff zu dekorativen Fenstervorhängen verarbeitete. Ich hatte immer gern genäht, aber jetzt wurde mir die Arbeit schier zur Plage. Nähen war nur noch eine bloße Beschäftigung, bei der ich mich rein mechanisch bewegte, während meine Gedanken pausenlos um die Schwierigkeiten kreisten, die zwischen Tony und mir aufgebrochen waren. Das Motorrad mußte vom Hof, und je eher er das begriff, desto besser!

Wir hatten uns nichts mehr zu sagen

Die Abende wurden für uns beide zur Qual. Bei Tisch herrschte ein quälendes Schweigen. Sofort nach dem Essen stand Tony auf, um sich im Garten nützlich zu machen, oder er verschwand in seiner Dunkelkammer und arbeitete an einer fotografischen Aufgabe. Ich meinerseits gewöhnte mir an, mich ohne ein Wort oder auch nur einen Blick in seine Richtung wieder in mein Nähzimmer zurückzuziehen.

Von Natur aus bin ich eigentlich ein fröhlicher Mensch, aber jetzt wurde ich von Groll und Eifersucht fast verzehrt.

Nachdem unser Zusammenleben drei Wochen lang nach diesem häßlichen Schema gelaufen war, fühlte ich mich todunglücklich. Ein schwerer Geist der Traurigkeit lag auf mir, der mich aller Kraft beraubte und mir jegliche Lebensfreude nahm.

Sieben Jahre zuvor war Jesus für mich zur Realität geworden. Damals sprühte ich vor Lebenslust und sprudelte über vor innerer Freude. Während die Nähmaschine bei der Arbeit ihr Lied summte, sprach ich mit Gott und genoß die enge Gemeinschaft mit Ihm. Die Worte Davids waren mir eine Quelle steter Freude. Er hatte in Psalm 16,11 geschrieben: „Du hast mir kundgetan den Weg des Lebens; du füllst mich mit Freude in deiner Gegenwart, mit ewiger Freude zu deiner Rechten." Ich hatte immer das Verlangen gehabt, diese Botschaft an andere Menschen weiterzugeben.

Doch wenn ich jetzt diese Worte las, fand ich darin weder Freude noch Trost. Auch Gott sprach nicht mehr zu mir, sondern war mir sehr fern.

Als ich so an meiner Nähmaschine saß, überlegte ich plötzlich laut: „Was ist bloß mit mir los?" Die Näharbeit verschwamm mir vor den Augen, während die Tränen unaufhaltsam über meine Wangen strömten. Das Leben macht keinen Spaß mehr! Nichts macht mir mehr Spaß! Ich bin eine verbitterte alte Frau – und dabei hatte ich mir fest vorgenommen, nie so werden zu wollen!

Gott, hilf mir, ihn nicht zu hassen

Der Gedanke erschreckte mich. Bestürzt ließ ich mich auf einen Stuhl sinken und weinte vor Gott.

„Ich halte es nicht mehr aus!" schluchzte ich. „Entweder fängt Tony an, sein Motorrad zu hassen, oder Du mußt mir helfen, es zu lieben – aber laß uns irgendwie auf einen Nenner kommen, bitte!"

Während ich dort auf dem Stuhl hockte und Trübsal blies, fragte ich mich, ob Gott mir überhaupt noch zuhörte. Würde Er antworten? Gespannt wartete ich, aber das einzige, was mir bewußt wurde, war leise Musik, die aus dem Radio auf meinem Zuschneidetisch an meine Ohren drang.

Der nächste Samstag zog sonnig und klar herauf. „Anne", fragte Tony freundlich, „fährst du heute mit mir zu den Minter-Gärten?"

Das war eine prächtige, künstlich angelegte Parkanlage mit in Form geschnittenen Hecken und sorgfältig gestalteten Blumenbeeten. Sie war erst kürzlich für die Öffentlichkeit freigegeben worden, und ich wünschte mir sehnlichst, einmal dorthin zu fahren. Aber – es war eine Autostunde entfernt!

„Mit dem Wagen?" fragte ich vorsichtig. „Nein", meinte Tony, verlegen lächelnd, „ich dachte eigentlich, wir nehmen das Motorrad!"

Ein kurzes Schweigen folgte, dann hörte ich mich zu meiner großen Überraschung selber sagen: „Okay, ich fahre mit! Was soll ich denn anziehen?"

In Tonys Augen glomm ein Leuchten auf. „Auf jeden Fall etwas Warmes", sagte er eifrig. „Du solltest unbedingt zwei lange Hosen übereinanderziehen!"

Es stellte sich heraus, daß auch zwei Hosen noch nicht genug waren – auch nicht der zusätzliche Pullover und die Jacke. Während die Landschaft an uns vorbeisauste, hielt ich mich krampfhaft an Tony fest und zitterte dabei vor Kälte. Unter uns dröhnte das Motorrad.

„Ganz ruhig!" redete Tony mir zu. „Lehn dich einfach mit mir in die Kurve!"

Zunächst noch sehr unbeholfen und verkrampft, versuchte ich, die Bewegungen meines Körpers den seinen anzupassen. Und während wir immer besser miteinander harmonierten, begann ich, über mich selbst hinauszuwachsen in der Freude über das spürbare Einssein. Ein Gefühl der Freiheit überkam mich. Es war, als flögen wir mit dem Wind! Wen störte es da, daß meine Locken grau waren, daß ich 53 Jahre zählte und mein Mann mit seinen „Geheimratsecken" bereits auf die 60 zuging?

Obwohl ich ganz erbärmlich fror, mußte ich unwillkürlich lächeln. „Lieber Gott", murmelte ich vor mich hin, „ist Dir auch so kalt?" Wie selbstverständlich war es plötzlich für mich, wieder freundschaftlich mit Ihm zu reden.

Ausgerechnet das Motorrad, das ich so sehr haßte, entpuppte sich als das Mittel, das mich wieder mit Jesus in Verbindung brachte. Und heute? Inzwischen besitze ich selbst eine Honda CB 650 ccm. Tony und ich sind dem Internationalen Christlichen Motorrad-Verband beigetreten und haben somit Gelegenheit, mit anderen Motorradfahrern Gottes Wort zu studieren und zu beten. Bei größeren und kleineren Rennen dürfen wir die Botschaft Jesu weitergeben, sogar an die berüchtigten „Hells Angels".

Wenn mich jemand fragt: „Was hat eine grauhaarige Frau wie Sie bloß auf dem Motorrad verloren?", erwidere ich einfach: „Ich amüsiere mich dabei großartig!"

Gebet eines Ehemannes

Herr, hilf mir, meiner Rolle gerecht zu werden, indem ich den Bedürfnissen meiner Frau gegenüber sensibel bin. Hilf mir, unser Einssein durch Treue und Beistand zu stärken. Hilf mir, gewillt zu sein, meine wahren Gefühle auszudrücken und auch ihr dasselbe Vorrecht zu geben. Hilf mir, mehr als ein Liebhaber zu sein, dadurch, daß ich in rücksichtsvoller Weise meinen Teil der Pflichten und der Verantwortung übernehme. Hilf mir, nicht nur die Worte, sondern auch die Gefühle meiner Frau wahrzunehmen. Hilf mir, die Schwächen der Vergangenheit zu vergessen und tolerant gegenüber denen der Gegenwart zu sein. Hilf mir, unsere Freundschaft zu pflegen, indem wir Zeit zusammen verbringen. Hilf mir, meine eigenen Fehler einzugestehen und niemals die meiner Frau hart zu verurteilen. Hilf mir, sicher zu sein und meiner Frau die Freiheit zu geben, ihre eigene Persönlichkeit zu entfalten. Hilf mir, mich an die besonderen Tage zu erinnern, die so viel für sie bedeuten. Hilf mir, die Dinge zu schätzen, die so oft für selbstverständlich gehalten werden. Hilf mir, niemals öffentlich ihre Persönlichkeit zu kritisieren oder zu verletzen. Hilf mir, meine Frau nie mit finanziellen Sorgen zu überlasten. Hilf mir, nie mehr zu erwarten, als die Beständigkeit meines Beispiels verdienen würde. Hilf mir, meiner Sorge um sie an jedem Tag im Gebet Ausdruck zu geben. Amen.

Dorotheas Putzrezept

Dorothea Unbehend

Man nehme:

Zwei ganz „normale" Frauen, die nicht nur Schwestern im Glauben, sondern auch Freundinnen sind. Es hat sich bewährt, wenn diese beiden Frauen sich einmal wöchentlich treffen. Treffpunkt sollte einmal bei dieser, einmal bei jener Frau sein. Man nehme außerdem das schmutzigste Zimmer in der jeweiligen Wohnung. Umweltfreundliche Putzmittel aller Art sollten schon bereitstehen. Ein alter Pullover und genauso alte Hosen oder Röcke wären als Arbeitskleidung zu empfehlen.

Nachdem jede sich die Ärmel hochgekrempelt hat, sollte eine kurze Absprache und Arbeitseinteilung stattfinden. Etwa eineinhalb Stunden gründliches, gemeinsames Putzen von allen möglichen Möbeln, Fenstern, Schränken und ähnlichen Gegenständen genügt meistens, um dieses Zimmer gründlichst zu reinigen.

Bei der Arbeit sollte ein reger Austausch von allen Neuigkeiten stattfinden. Anfängliche Verlegenheit bei dem Auftreten von Staubwolken und Spinnweben verschwindet spätestens beim dritten Treffen, dann nämlich, wenn jede die „Schmutzecken" der anderen kennt und erlebt hat, daß diese den eigenen durchaus gleichen.

Nach getaner Arbeit tut ein gemeinsamer Blick in das jetzt so saubere Zimmer richtig gut und dient der gemeinsamen Freude. Spätestens jetzt nehme man eine gute Tasse Kaffee und einen knusprigen Toast zu sich. Kaffetrinken und gemeinsames Verschnaufen sind nun eine gute Möglichkeit, das vorher Erzählte im Gebet vor Gott auszubreiten, in Gedanken Mann und Kinder in Gottes gute Hände zu legen und sie Seinem Segen anzubefehlen. Nach etwa zwei Stunden sollte sich jetzt langsam dieses gute Gefühl ausbreiten, miteinander eine gute Arbeit geschafft zu haben.

Bei regelmäßiger Anwendung dieses Rezeptes kann es durchaus gelingen, eine Wohnung oder ein Haus regelmäßig gründlichst zu reinigen, eine gute Freundin zu einer noch besseren zu machen und eine praktische und schöne Zweierschaft zu erleben.

Seit fast zwei Jahren benutzen meine Freundin Susanne und ich dieses Rezept, und wir stellen immer wieder fest – es liegt Gottes Segen darauf! Wir haben schon einige Kilometer Fußböden geschrubbt, etliche Schränke verrückt, aus- und wieder eingeräumt, abgestaubt und eingewachst, Quadratmeter von Teppichen abgebürstet, Riesenflächen von Fenstern geputzt und noch so einiges mehr – es ist uns niemals langweilig gewesen, denn wir konnten ja nebenbei immer so herrlich „ratschen". Das gemeinsame Gebet schließt uns jedesmal vor Gott zusammen, und wir wissen, daß wir mit unseren Treffen etwas bewegen, das unseren Familien nur zugute kommen kann!

Meine kleinen Glaubenshelden

Maria Utri

Ein Berg von Bügelwäsche türmt sich vor mir auf. Ich sitze in meinem Arbeitsraum und versuche den Berg zu verringern. Unsere Kinder Samuel (8) und Victoria (6) spielen mit ihrem Cousin Manuel (6) im Kinderzimmer. Ein Schulfreund von Samuel aus der Nachbarschaft ist auch zum Spielen gekommen.

So genieße ich die Ungestörtheit, bis ich auf lautes und aufgeregtes Stimmengewirr aufmerksam werde. Ich lausche ein wenig, und was ich da höre, erstaunt mich sehr.

Da fallen Sätze wie: „Was, du glaubst nicht an Gott und an das, was in der Bibel steht?" Der Junge aus der Nachbarschaft wehrt sich vehement, denn seine Mutti hat ihm erzählt, daß die Bibel nicht stimmt und wir Menschen von den Affen abstammen, ansonsten seien sie evangelisch, kontert er.

Unsere Kinder sind entsetzt, sie versuchen auf verschiedene Arten ihren Freund zu überzeugen. Ihre Erläuterungen beginnen bei der Schöpfung. Jesu Sterben am Kreuz, Sündenvergebung, ja die verschiedensten Ereignisse der Bibel erzählen sie.

Ich merke deutlich, daß ihr Wissen weit über das hinausgeht, was wir ihnen als Eltern bisher erzählt haben. Da fällt mir natürlich sofort die Sonntagsschule ein. Vor allem überrascht mich, wie passend sie die biblischen Geschichten auf ihre persönliche Überzeugung übertragen.

Der Nachbarjunge ist verunsichert, aber er hat eine Lösung: „Ich bin evangelisch, und ihr seid katholisch, und darum verstehen wir uns nicht!" sagt er. Jetzt wehren sich die drei entschieden. Katholisch sind sie nicht, aber was sie genau sind, können sie nicht so richtig formulieren. Die drei überlegen – da hat Manuel den rettenden Einfall: „Ich weiß, was wir sind, wir sind christisch!"

Als Lauscher an der Tür bin ich tief gerührt. Hat Manuel nicht das Wesentlichste damit ausgesagt? Als die drei Glaubenshelden überlegen, ob sie mit einem Kind, das nicht an Gott glaubt, noch weiter spielen sollten, muß ich eingreifen.

Dieses Ereignis hat mich noch lange beschäftigt. Es wirft in mir mehrere Fragen auf, die ich vor Gott und mit meiner inneren Einstellung überprüfen muß:

◆ Schätze ich als Elternteil die Arbeit der Sonntagschule so ein, wie ich es sollte? Ist mir bewußt, welch wertvolle Arbeit dabei an meinen Kindern geleistet wird? Unterstütze ich diese Arbeit, indem ich das Gehörte bei meinen Kindern vertiefe, weiter ausbaue und durch mein Vorbild helfe, Täter des Wortes zu werden?

◆ Bin ich bereit, mein Haus für fremde Kinder zu öffnen, oder fürchte ich um die Ordnung meiner Wohnung? Welche Möglichkeiten habe ich, durch Einladungen, Kindergeburtstage und schulische Ereignisse mit Müttern und Kindern in Kontakt zu kommen? Nütze ich diese Möglichkeiten, Bücher, Kassetten, Videos, Karten, kleine Geschenke mit christlicher Aussage weiterzugeben?

Der Wert einer Frau

Elisabeth Mittelstädt

Wir saßen mit besonders lieben Freunden am Abendbrottisch. So viele Gemeinsamkeiten verbinden uns mit diesem Ehepaar, daß es immer sehr viel zu erzählen gibt, wenn wir uns treffen. Da ist zum einen das Thema Mission und zum anderen das Schreiben, was unsere Unterhaltungen immer sehr lebhaft und fröhlich werden läßt. Manchmal ist es richtig schwierig, zu Wort zu kommen, so daß man sich mit einem energischen „Heh, nun bin ich an der Reihe" das Wort erkämpfen muß.

Als ich meiner Freundin ein Kompliment zu ihrem schönen Kleid machte, lachte Georg und meinte: „Meine Frau ist ja auch eine Acht-Kühe-Frau." Dann erzählte er uns die Geschichte einer Brautwerbung auf einer Insel im Süd-Pazifik.

Johnny Lingo lautete der ins Westliche übertragene Name eines wohlhabenden Junggesellen auf der Insel Nurabandi. Er verliebte sich in ein unscheinbares Mädchen von der Nachbarinsel Kiniwata. „Unscheinbar" war eigentlich noch übertrieben – Sarita war mager und knochig und lief mit hängenden Schultern und gesenktem Kopf durch die Gegend.

Saritas Vater hoffte zwar, einen Brautpreis für sie zu bekommen, fürchtete aber insgeheim, daß keiner sie haben wollte. Auf seiner Insel war es Sitte, den Brautpreis in Kühen zu bezahlen. Die gescheitesten und hübschesten Mädchen brachten bis zu fünf Kühe ein. Sam hoffte, wenigstens eine einzige Kuh für seine Tochter zu bekommen.

Eines Tages ließ Johnny Lingo Sam Karoo, Saritas Vater, die Nachricht überbringen, daß er um die Hand seiner Tochter bitte und mit ihm über sie verhandeln wolle. Johnny war als der geschickteste Kaufmann von Nurabandi bekannt, während Sam seinerseits in dem Ruf stand, der schlechteste auf Kiniwata zu sein. Obwohl Johnny noch recht jung war, galt er bereits als der reichste Mann auf seiner Insel.

Sam setzte sich unverzüglich mit seiner Familie zusammen, und gemeinsam entwarfen sie einen Plan. Sie würden drei Kühe verlangen, aber auf zweien bestehen, bis sie sicher wären, daß Johnny nicht mehr als eine bezahlen würde.

Der große Tag kam. Johnny Lingo begann die Verhandlung mit einem Angebot, das sowohl Sam als auch ganz Kiniwata überraschte und zugleich erfreute: „Vater von Sarita, ich biete dir acht Kühe für deine Tochter!"

Fünf Monate nach seiner Hochzeit mit Sarita war ein Mann aus dem Westen zu Besuch bei Johnny Lingo. Der Gast war vorher auf Kiniwata gewesen, wo man ihm die Geschichte mit den acht Kühen erzählt hatte. Die Bewohner der Insel amüsierten sich noch im nachhinein darüber, wie der schlechteste Geschäftsmann von ihnen, Sam Karoo, den reichen jungen Mann von der Nachbarinsel übers Ohr gehauen hatte.

Auf Nurabandi dagegen stand Johnny Lingo in hohem Ansehen. Kein anderer Inselbewohner brachte, wenn sein Name fiel, ein hintergründiges Lächeln hervor.

Johnny Lingo stellte seinem westlichen Gast als erstes die Frage: „Ich nehme an, Sie haben auf Kiniwata bereits von mir gehört? Meine Frau stammt von dort."

„Ja, ich weiß."

„Was sagen die Leute über mich?"

„Nun, sie sagen … sie sagen, daß Sie während der Feiertage geheiratet haben."

Der Besucher war von dieser unmittelbar an ihn gerichteten Frage offensichtlich überrascht worden. Johnny Lingo erkannte seine Verlegenheit und bemühte sich, seinem Gast noch weitere Informationen zu entlocken. Dieser berichtete ihm schließlich, was er auf Kiniwata gehört hatte: „Man sagt, Sie hätten acht Kühe als Brautpreis bezahlt. Man fragt sich, warum."

In diesem Moment betrat eine wunderschöne junge Frau das Zimmer, um einen Strauß Blumen auf den Tisch zu stellen. Sie hielt einige Augenblicke inne, um Johnny zuzulächeln, und ging dann leichten Fußes wieder hinaus. Der Gast hatte noch nie in seinem Leben eine so schöne Frau gesehen: Die geraden Schultern, das energische Kinn, die funkelnden Augen – all das ließ ein gesundes Selbstbewußtsein erkennen, das ihr jeder gerne zugestand.

Mit unverkennbarem Stolz in der Stimme sagte Johnny Lingo: „Das ist Sarita, meine Frau."

„Aber", protestierte der Besucher, „sie … sie ist ja wunderschön! Die Leute auf Kiniwata haben mir erzählt, sie sei eher unansehnlich, und Sie hätten sich von Sam Karoo übers Ohr hauen lassen."

Ein Lächeln breitete sich auf Johnnys Gesicht aus. „Meinen Sie, acht Kühe wären zuviel für sie gewesen?" erkundigte er sich.

„Nein, keinesfalls", beeilte sich der Gast zu beteuern, „aber wie ist es möglich, daß sie sich so verändert hat?"

Johnny wurde wieder ernst. „Haben Sie schon einmal darüber nachgedacht", fragte er, „was es für eine Frau bedeuten muß, zu wissen, daß ihr Mann damit zufrieden war, für sie den billigsten Preis zu bezahlen, der verlangt wurde? Wenn die Frauen dann später zusammensitzen und sich gegenseitig zu übertrumpfen suchen, wieviel ihre Männer für sie bezahlt haben, spricht die eine von vier Kühen und eine andere vielleicht sogar von sechs Kühen. Wie muß da eine Frau empfinden, die von ihrem Vater für eine oder zwei Kühe verkauft worden ist? Stellen Sie sich das doch einmal vor! So etwas hätte ich meiner Sarita nicht zugemutet."

Johnny fuhr fort: „Ich wollte, daß Sarita glücklich ist. Aber ich wollte noch mehr. Sie sagen, sie hätte sich verändert, und das stimmt. Es gibt vieles, was eine Frau verändern kann, Dinge, die von innen oder von außen an sie herantreten. Aber am wichtigsten von allem ist, was sie über sich selber denkt. Solange Sarita auf Kiniwata war, hat sie sich selbst für nichts wert gehalten. Aber jetzt weiß sie, daß sie mehr wert ist als irgendeine andere Frau auf den Inseln."

„Ich wollte Sarita heiraten", schloß Johnny seine Geschichte. „Ich hatte nur sie lieb und keine andere. Aber was ich haben wollte, war eine Frau, die acht Kühe wert ist!"

Ich wollte Sarita heiraten. Ich hatte nur sie lieb und keine andere. Aber was ich haben wollte, war eine Frau, die acht Kühe wert ist!

Diese Geschichte hat mich erkennen lassen, daß wir Frauen für Gott alle „Acht-Kühe-Frauen" sind. Denn Er hat für uns das gleiche Prinzip angewandt und den höchsten Preis bezahlt!

Läßt es Sie nicht auch tief durchatmen und den Blick erheben vor Freude darüber, daß Sie darin Ihren eigenen, unschätzbaren Wert erkennen dürfen? Gerade uns Frauen, die wir von Zeit zu Zeit dazu neigen, uns in Frage zu stellen, zeigt die Weihnachtsgeschichte die tiefe Liebe Gottes zu uns: Er gab Seinen einzigen Sohn als Preis.

Was ist ein Ehemann?

*Er kann seiner Frau
ein Glücksgefühl schenken, einfach,
indem er ihr zulächelt:
Wir gehören zusammen!*

*Das ist ein Ehemann:
Trost in der Dunkelheit,
Zärtlichkeit, wenn sie Zärtlichkeit braucht.
Stärke, wenn sie Stärke braucht.*

*Das ist ein Ehemann:
Er schafft es, daß sie sich jung fühlt,
wenn die Jugend schon schwindet,
denn ihre gemeinsame Liebe
hat jung begonnen.
Kein Liebender wird je alt
in den Augen der Liebe.*

Das ist ein Ehemann!

Mamas Lieblinge

Lektionen aus dem Sandkasten

Elisabeth Mittelstädt

Vor einiger Zeit hörte ich, wie jemand einen Politiker zitierte. Dieser hatte das allermeiste von dem, was für sein Leben wirklich wichtig war, im Kindergarten gelernt. Also nicht erst in der Abiturklasse wurden ihm die grundlegenden Wahrheiten fürs Leben beigebracht, sondern im Sandkasten. Dort hatte er gelernt:

Teile alles mit deinen Kameraden. – Sei beim Spielen fair. – Schlage keinen anderen. – Bringe das, was du findest, an seinen Platz zurück. – Räum auf, was du selber in Unordnung gebracht hast. – Nimm nichts, was dir nicht gehört. – Bitte um Verzeihung, wenn du jemand weh getan hast. – Wasch dir vor dem Essen die Hände. – Vergiß nicht zu spülen, wenn du auf der Toilette warst. – Iß deine Kekse und trink deine Milch. – Lerne tüchtig und vergiß das Denken nicht. – Zeichne, male und singe. – Spiele und arbeite jeden Tag. – Halte täglich dein Mittagsschläfchen. – Wenn du in die Welt hinausgehst, gib acht auf den Verkehr. – Faßt euch an und bleibt zusammen. – Achte auf Wunder. Denk an den Kressesamen im Plastikbecher: Eine Pflanze wächst nach oben, Wurzeln nach unten.

Alles, was wir für das spätere Leben wissen müssen, kommt schon irgendwann im Kindergarten dran: Höflichkeit im Umgang miteinander, Nächstenliebe, Grundbegriffe der Hygiene, die Beziehung zur Umwelt, Politik und eine gesunde Lebensweise. Wieviel besser sähe es doch auf dieser Welt aus, wenn jeder von uns sich mit seiner Decke zu einem Mittagsschläfchen zurückziehen könnte und nachmittags um drei seine Kekse und seine Milch verzehren würde. Es wäre bestimmt auch viel schöner auf der Erde, wenn jeder Gefundenes immer an seinen Platz zurückbringen und jedes Volk seine eigene Unordnung aufräumen würde. Und ob wir jung oder alt sind, Tatsache bleibt: Wenn wir in die Welt hinausgehen, ist es am besten, sich anzufassen und zusammenzubleiben.

Viele Mütter mit kleinen Kindern denken: „Was kann ich schon für Gott tun? Den ganzen Tag sitze ich hier zu Hause bei den Kindern!" Denken Sie daran: Sie selbst sind es, die die zukünftigen Pfarrer, Lehrer, Politiker, ja ganze Völker formen. Betrachten Sie die Zeit, die Sie mit Ihren Kindern verbringen, also nicht als vergeudete Zeit: Die Stunden, die Sie jetzt investieren, können wirklich dazu beitragen, daß unsere Welt einmal besser wird.

Denn: die Grundlektionen aus dem Sandkasten sind es, die man behält! Oder, wie es jemand einmal ausdrückte: Was zuerst in einen Sack kommt, bleibt am längsten darin!

Omas Schatz

Barbara A. Robidoux

Unwetterwolken türmen sich auf – aber Christie übersieht in ihrer vierjährigen Selbstbezogenheit alle warnenden Signale. Und dann ist durch ihr dickköpfiges Beharren, die Dinge auf „ihre Weise" zu erledigen, Großmutters Geduld plötzlich zu Ende. Mit lauter Stimme und einem Klatsch auf ihr Hinterteil befördere ich sie für eine Zeit der Besinnung in ihr Zimmer.

Schreie wie „Ich hab doch nichts gemacht!" vermischen sich ärgerlich mit ihren Schluchzern, aber Oma beachtet die Klagen des Selbstmitleids nicht.

Endlich schaut ein verweintes Gesicht aus dem Zimmer heraus, das nach Anzeichen von Besorgtheit Ausschau hält. Blonde Locken umspielen das süße, selbstbewußte Lächeln und die unschuldigen blauen Augen. Mein Herz beginnt zu schmelzen, aber ich weiß, daß ich eine Lektion erteilen muß.

„Kann ich einen Lolli haben?" fragt sie. „Nein", antworte ich.

In diesem Augenblick überraschter Stille kann ich ihre Gedanken fast hören. Sie hofft, daß, wenn sie ihre Verfehlung übergeht, ich es auch tun werde. Sie versucht eine weitere Annäherung.

„Laß uns zu den Schaukeln zum Spielen gehen, Omi! Du kannst meine Schaukel haben, und ich gebe dir Anschwung", bietet sie an.

Aber die Bestechung klappt auch nicht. „Es tut mir leid, Chris. Du schuldest Omi eine Entschuldigung, und ich werde nicht eher mit dir spielen, bis du sagst, daß es dir leid tut." Ich erwarte eine schnelle Entschuldigung, eine Umarmung und die Wiederherstellung der Harmonie in unserer Beziehung, aber – ich irre mich.

Gedankenvoll kneift sie die Augenbrauen zusammen. Sie kann nicht glauben, daß ich in meiner liebenden Natur hart bleiben werde. Kichernd schmiegt sie sich dicht an mich.

„Ach, komm schon, Oma", schmeichelt sie. Meine Antwort besteht aus frostiger Stille. Ihre Augen weiten sich ungläubig. Dann verzieht sie dickköpfig den Mund und geht weg. Es würde den Riß in unserer Beziehung nicht heilen, wenn sie mir keine Beachtung schenkte, aber es würde beweisen, daß sie recht gut ohne mich auskommen könnte.

Der Schmerz ihrer Einsamkeit durchbricht bald die Widerspenstigkeit, und sie kehrt an meine Seite zurück. Ihr seelenvoller Blick spiegelt eine Änderung ihres Herzens wider.

„Alles, was du sagen mußt, ist: ‚Vergib mir, Omi' ", sage ich ihr vor. „So einfach ist das." Sie schaut mich an und antwortet mit ernster Einschätzung: „Das ist nicht einfach, Oma. Das ist schwer!"

Es drängt mich, sie in die Arme zu nehmen, während ich darauf warte, daß der Kampf zwischen Liebe und Stolz ausgefochten wird. Reicht es ihr aus, mich dazu zu gebrauchen, ihr natürliches Verlangen nach Macht zu befriedigen? Die Sekunden verstreichen, während ich auf ihre Entscheidung warte.

„Vergib mir, Oma", stößt sie endlich hervor. Vergeblich hat sie geweint, geschmeichelt, gefragt, sich stur gestellt und mich ignoriert. Ist es wirklich möglich, daß Reue der Schlüssel zur Wiederherstellung der Normalität ist? Wenn sie daran Zweifel gehabt hat, werden sie schnell zerstreut, als ich sie fest umarme und die Wärme meiner Liebe die Herzenslücken füllen und die Enttäuschung über ihren Mißerfolg heilen lasse.

„Ich glaube, ich kann höher schaukeln, als du es kannst", rufe ich, als wir über den Hof laufen. Das Leben ist wieder voller Freude. Wir sind uns eins. Drei kleine Worte und ein reuevolles Herz haben den Unterschied ausgemacht.

Gott wird wahrscheinlich ähnlich fühlen, wenn die Sünden der Ich-Bezogenheit und des Stolzes Seiner Kinder zerbrochene Beziehungen zwischen ihnen und Ihm schaffen. Wenn der Friede und die Freude unter der Last unbereinigter Verfehlungen und rationalisiertem Verhalten zusammenbrechen, wartet Er geduldig. Wenn die Seelen in Einsamkeit und Verzweiflung versinken, streckt Er Seine Arme aus. Und wenn die Liebe den Stolz überwältigt, jubelt Er.

„Vergib mir, Vater." Drei kleine Worte, die uns zu den Armen Seiner Liebe wieder zurückbringen. Was könnte einfacher und wichtiger sein als dies?

> *Das ist nicht einfach, Oma. Das ist schwer!*

Kids und Kohle
Wie lernen Kinder, mit Geld umzugehen?

Claudia & Eberhard Mühlan

Im letzten Jahr wurde ich mehrmals von SAT1 und RTL als sogenannter „Experte" zu Talkrunden über das Thema Taschengeld eingeladen. Erwachsene und Kinder legten ihre Standpunkte dar und stritten sich, wieviel Geld in welchem Alter angemessen sei. Für viele Zuschauer war dies ein guter Anstoß, sich endlich einmal Gedanken zu dem wichtigen Thema Wirtschaftserziehung zu machen.

Die debattierenden Erwachsenen konnte ich schnell in zwei Gruppen einteilen: einmal die knauserigen, die – aus welchen Gründen auch immer – Kinder kurz halten und meinen, nur so würde man lernen, ordentlich mit Geld umzugehen, und die gedankenlosen, die ihren Kindern je nach Laune hin und wieder etwas zustecken.

In der Regel stieß ich mit meinen Tips bei den Kindern auf Begeisterung, während die Eltern nur zögernd darauf eingehen wollten. Regelrechte Verblüffung verschaffte mein Vorschlag, bei Kindern ab etwa zehn Jahren mit dem „Taschengeld" aufzuhören und ein regelrechtes „Wirtschaftsgeld" zu zahlen: „Kalkulieren Sie diese Kosten von vornherein ein, erhöhen Sie das ‚Wirtschaftsgeld' entsprechend, und lassen Sie das Kind selbst planen, verwalten und ausgeben. Auf diese Weise kommen Sie von der gedankenlosen ‚Taschengeldzahlung' mit den vielen Extraausgaben weg und führen Ihr Kind tatsächlich dahin, mit dem Geld zu ‚wirtschaften', was bleibende und wertvolle Auswirkungen haben wird."

Eine Redakeurin rief mich einige Wochen nach der Sendung an und berichtete begeistert: „Es funktioniert! Ich zahle meiner Vierzehnjährigen jetzt ‚Wirtschaftsgeld'. Sie geht ganz vernünftig damit um, und die ewige Nörgelei nach Extrageld für Comics, für's Kino oder Geschenke ist vorbei …"

Ab welchem Alter ist Taschengeld sinnvoll?

Ein ernsthafter Umgang mit Geld wird erst sinnvoll, wenn das Kind eine Vorstellung von Zahlen hat. Für ein Drei- oder Vierjähriges ist Geld wie Spielzeug. Eine Vorstellung von Zahlen erwirbt es in der Regel erst mit dem Schuleintritt.

Also, vor dem fünften Lebensjahr hat es wohl kaum Sinn, regelmäßig Taschengeld auszuzahlen. In unserer Familie hat es sich eingebürgert, bei der Einschulung damit zu beginnen.

Wie hoch sollte Taschengeld sein?

Bei diesem Thema geht es immer hoch her. Die meisten Kinder meinen stets zu wenig zu bekommen und berufen sich auf Freunde, die angeblich horrende Summen ausgezahlt bekommen, und vielen Eltern fehlt einfach das Gespür, welche Höhe in welchem Alter angemessen ist und vor allem, was ein Kind damit bestreiten soll.

Aber wie sieht die richtige Höhe aus?

Da müssen sicherlich mehrere Gesichtspunkte berücksichtigt werden. Ein Standardtaschengeld, das für jedes Kind gleich hoch ist, gibt es nicht – es gibt ja auch kein gleich hohes Einkommen für jedermann.

Hier sind die wichtigsten Gesichtspunkte zur Festlegung der Taschengeldhöhe:
◆ das Alter des Kindes
◆ die Kinderzahl in einer Familie
◆ das Einkommen der Familie
◆ eine ländliche oder großstädtische Wohnlage
◆ die verschiedenen Ausgabenposten des Kindes

Die „Zentralstelle für rationelles Haushalten" nennt folgende Richtsätze:
◆ 6- und 7jährige wöchentlich 3 – 4 DM (monatlich 12 – 16 DM)
◆ 8- und 9jährige wöchentlich 4 – 5 DM (monatlich 16 – 20 DM)
◆ 10- und 11jährige monatlich 20 – 25 DM
◆ 12- und 13jährige monatlich 25 – 30 DM
◆ 14- und 15jährige monatlich 35 – 45 DM
◆ 16- und 17jährige monatlich 50 – 60 DM

Diese Angaben können nur eine grobe Richtlinie sein, denn sie sagen nichts darüber aus, was Kinder von ihrem Geld alles zu bestreiten haben. Ist das Geld tatsächlich nur für

Süßigkeiten und ähnliches vorgesehen, oder müssen die Kinder davon auch noch andere Dinge bezahlen, wie z. B. Schulmaterial, Geburtstagsgeschenke für Freunde u. a.? Sie sollten sich zusätzlich auch umhorchen, was andere Eltern wirklich zahlen. Das Taschengeld Ihres Kindes sollte nach Möglichkeit nicht zu stark von dem Betrag abweichen, den die Alterskameraden durchschnittlich erhalten.

Stets einschneidend weniger Geld zu haben als Freunde und Mitschüler, kann weh tun und im ungünstigsten Fall zu Minderwertigkeitsgefühlen oder gar Unehrlichkeit führen. Sie müssen also unter Berücksichtigung der bis jetzt genannten Punkte eigene Kriterien für Ihre Familie erarbeiten.

Wie stark dürfen Eltern dazwischenreden?

Eltern bleibt wirklich die Luft weg, wenn ihr hart erarbeitetes Geld von ihren Kindern verschleudert wird. Am Vormittag wird das Taschengeld ausgezahlt, und schwupps, bereits am Nachmittag ist Ebbe in der Kinderkasse. Dafür reibt sich der Händler am Kiosk die Hände.

Was tun, wenn ein Kind regelrecht von Kaufwut gepackt wird? Schweigen und das Geld sinnlos verprassen lassen ist keine Lösung. Das Kind muß zwar eigene Erfahrungen sammeln können, aber dies hat auch seine Grenzen. Manche Kinder finden von selbst zur Vernunft, aber nicht alle. Wie so oft müssen Sie den „goldenen Mittelweg" finden: Das Kind beraten und anleiten, ohne es zu gängeln. Hier ein paar Ratschläge, die sich bei uns als hilfreich erwiesen haben:

◆ Die Führung eines Ausgabenbuches wird dem Kind helfen, den Überblick zu behalten. Es muß aber freiwillig geschehen, sonst wird zu schnell gemogelt.

◆ Bewahren Sie größte Zurückhaltung bei Vorschüssen. Nichts zeigt einem Kind die Notwendigkeit, sein Geld einteilen zu müssen, so deutlich, wie das schmerzhafte Erlebnis, keins mehr zu haben, wenn es dringend gebraucht wird.

◆ Sparen Sie auch nicht mit Vorschlägen, wofür Ihr Kind sein Geld ausgeben und worauf es sparen könnte. Manche sind einfach einfallslos; ihnen fällt wirklich nichts anderes ein, als das Geld in Süßigkeiten umzusetzen.

Andere haben es gar nicht nötig, sich etwas zusammenzusparen. Zu leichtfertig werden ihnen alle Wünsche von ihren Eltern und Verwandten erfüllt.

Vom „Taschengeld" zum „Wirtschaftsgeld"

Zum Abschluß möchte ich noch einmal auf den anfangs genannten Tip zum „Wirtschaftsgeld" eingehen. Die Strategie mit unseren Kindern sieht folgendermaßen aus: mit zunehmendem Alter mehr Freiheit und Verantwortung im Umgang mit Geld!

Offen gesagt, ich mag den Ausdruck „Taschengeld" überhaupt nicht. Dieses Wort deutet genau das an, was wir nicht wollen: Geld in die Tasche und gleich wieder raus. Der Begriff „Wirtschaftsgeld" drückt es treffender aus, denn Kinder sollen lernen, mit Geld zu wirtschaften. Nur klingt das bei einem Sechsjährigen etwas gestelzt, während es auf einen Teenager durchaus zutrifft. Wir bemühen uns, ein Kind vom bloßen „Taschengeld" zum „Wirtschaftsgeld" zu führen.

Wie oft liegen einem die Kinder in den Ohren: „Mama, ich brauche Busfahrkarten", „Papa, kann ich Geld für die Eissporthalle haben …?" Was liegt sonst noch alles an: Geld für Schulmaterial, für's Kino, für den Zoo, zum Fahrrad flicken und für die Zwergkaninchen …

Hüten Sie sich vor zu vielen, unkontrollierten Extrazahlungen. Sie können bei heranwachsenden Kindern den ganzen, wohlüberlegten Lernprozeß der Wirtschaftserziehung zunichte machen.

Wenn Sie das jetzt kurz durchkalkulieren, erschrecken Sie vielleicht über die enorme Erhöhung, die Sie vornehmen müßten. Aber trösten Sie sich: Normalerweise würden Sie ja ohnehin soviel zahlen. Es ist lediglich eine Kostenverlagerung. Ihr monatlicher Familienhaushalt wird dadurch nicht stärker belastet. Das, was Sie nach vielem Betteln eventuell sowieso ausgeben würden, übertragen Sie gleich in die Verantwortung des Kindes.

Eine konkrete Planung

Wie „wirtschaften" praktisch aussehen kann, möchte ich am Beispiel eines neun oder zehn Jahre alten Kindes erläutern. So in der vierten oder fünften Schulklasse könnten Sie damit beginnen, es sein laufendes Schulmaterial selbst bezahlen und verwalten zu lassen. Wir geben den Kindern zum Schuljahresbeginn die gesamte Startausrüstung an Heften, Umschlägen, Blöcken und Schreibmaterial. Die Verantwortung für die laufende Nachversorgung tragen sie dann selbst.

Warum greifen Eltern wie selbstverständlich in die Tasche, wenn es um Geburtstagsgeschenke für Freunde und Klassenkameraden geht? Schließlich ist doch das Kind eingeladen und nicht die Eltern. Mein Vorschlag und unsere eigene Regelung: 5 DM für ein Geschenk trägt das Kind anteilig selbst, den eventuellen Rest geben wir dazu.

Wenn Sie also ein „Wirtschaftsgeld" für Ihr Kind planen, sollten Sie vier Posten berücksichtigen: Schulmaterial, Geschenke, „Extras" und das normal übliche Taschengeld.

Überschlagen Sie die durchschnittlichen monatlichen Ausgaben für Schulmaterial, überlegen Sie, wie oft Ihr Kind zum Geburtstag eingeladen wird, berechnen Sie, was Sie monatlich für die vielen „Extras" rausrücken und addieren Sie noch das allgemein übliche Taschengeld zum Verschleckern.

Bei einem zehnjährigen Kind kann man bei dieser Berechnung schnell auf stolze 30 bis 40 DM pro Monat kommen. Das selbständig zu verwalten, ist für manches eine Überforderung. Deshalb kann die monatliche Summe zu Wochenportionen werden und eine „eiserne Ration" beiseite gelegt oder ein „Kinder-Sparbuch" eröffnet werden. Wir erwarten, daß stets 10 DM Reserve für unvorhergesehene Ausgaben angespart bleiben müssen. Wird sie angebrochen, muß sie mit der nächsten Auszahlung sofort wieder aufgefüllt werden.

Für einen Teenager gelten dieselben vier Punkte, nur wird sich der Geldbetrag im Vergleich zu einem Grundschüler drastisch erhöhen. Jetzt können Sie zusätzlich einen Bekleidungs-Etat einrichten, das heißt, dem Jugendlichen steht vierteljährlich ein bestimmter Betrag zur Verfügung, den er für neue Kleidung abrufen kann.

„10 Gebote" eines Kindes
für seine Eltern

Dr. K. Leman

1. Meine Hände sind noch klein; erwartet deshalb bitte keine Vollkommenheit, wenn ich mein Bett mache, ein Bild male oder mit dem Ball werfe. Meine Beine sind noch kurz; macht bitte nicht so große Schritte, damit ich mitkommen kann.

2. Meine Augen haben die Welt noch nicht so gesehen wie eure; bitte laßt sie mich erkunden, ohne dabei Schaden zu nehmen, und engt mich nicht unnötig ein.

3. Arbeit wird es immer genug geben. Ich bleibe nur für kurze Zeit ein Kind – deshalb nehmt euch bitte Zeit für mich. Erklärt mir, was ihr über diese schöne Welt wißt, und tut es liebevoll und bereitwillig.

4. Meine Gefühle sind noch sehr zart; seid bitte sensibel in bezug auf meine Bedürfnisse. Nörgelt nicht den ganzen Tag an mir herum. Behandelt mich so, wie ihr behandelt werden möchtet.

5. Ich bin ein ganz besonderes Geschenk von Gott. Bitte hegt und pflegt mich so, wie Gott es haben will, indem ihr mich zur Rechenschaft zieht für das, was ich tue, mir klare Richtlinien vorschreibt, nach denen ich leben kann, und mich, wenn nötig, in Liebe straft.

6. Um wachsen zu können, brauche ich eure Ermutigung. Bitte haltet euch zurück mit eurer Kritik. Und denkt daran: ihr könnt meine Handlungen kritisieren, ohne mich als Person zu kritisieren.

7. Bitte gebt mir die Freiheit, eigene Entscheidungen zu treffen. Laßt mich ruhig mal einen Fehler machen, damit ich daraus lernen kann. Nur so werde ich eines Tages in der Lage sein, die Entscheidungen zu treffen, die das Leben von mir fordert.

8. Bitte tut die Arbeiten, die ich getan habe, nicht noch einmal. Das gibt mir nämlich das Gefühl, eure Erwartungen irgendwie nicht erfüllt zu haben. Und selbst wenn es euch schwerfällt – bitte versucht, mich nicht immer mit meinen Geschwistern zu vergleichen.

9. Habt keine Angst, einmal für ein Wochenende wegzufahren und uns allein zu lassen. Kinder brauchen manchmal Erholung von ihren Eltern, so wie Eltern von ihren Kindern. Außerdem ist das eine großartige Möglichkeit, uns Kindern zu zeigen, daß eure Ehe etwas ganz Besonderes ist.

10. Bitte nehmt mich regelmäßig mit in den Gottesdienst und zur Sonntagsschule. Gebt mir darin ein gutes Beispiel. Ich freue mich immer, mehr über Gott und Sein Wort lernen zu können.

Kinder- und Teeniefeste ohne Ende

Ulrike Herrmann

Ich wollte nie eine christliche „Nein-sage-Mutter" werden! Unsere Kinder sollten niemals denken: „Oh, Mann – wir dürfen aber auch gar nichts, nur weil unsere Eltern Christen sind." Im Gegenteil! Unsere drei sollten aufwachsen mit der beglückenden Erfahrung: „Das Leben zu Hause ist bunt und spannend und voller Überraschungen. Meistens sagen unsere Eltern ‚ja'. Nur ab und zu gibt's ein klares ‚Nein'."

Ihre Kindheit sollte reich sein an: „O.K., laßt uns … feiern, spielen, Spaß haben!" Ich wußte, später in der Teenagerzeit würden einige „Neins" kommen müssen, um sie zu bewahren. Aber bis dahin gab es genug herrliche Gelegenheiten zum Feiern! Ihre Kinderseelen sollten so satt und voll sein von herzerwärmenden Erinnerungen und eigenen Ideen, das Leben zu feiern, daß sie später wenig Hunger spüren würden nach zweifelhaften Vergnügungen.

Unsere Fotoalben erzählen viele Geschichten über eine bunte Kette ausgelassener Kinderfeste. Mühe habe ich dabei nie gescheut, und oft standen mir mittendrin vor Eifer die Haare buchstäblich zu Berge, und meine geschwollenen Füße schrien nach Kühlung!

Nachtschwärmer

Unvergeßlich ist zum Beispiel unsere erste „Schlummerparty", so nennen wir Feiern mit anschließender gemeinsamer Übernachtung. Neun kleine Mädchen kuschelten sich in zwei Kinderzimmern auf dem Fußboden in ihren Schlafsäcken. Gegen zwei Uhr nachts war allmählich Ruhe. Endlich! Aber leider nicht sehr lange! Um fünf Uhr ertönte schon wieder Musik und fröhliches Geplapper.

„Das war das erste und letzte Mal", knurrte ich mürrisch und schlich die Treppe hinunter. Durch das Wohnzimmerfenster dämmerte der Morgen, und dort im Halbdunkel tanzten alle neun in Nachthemdchen hingebungsvoll den geliebten „Ententanz"! Meine Fotos von den Nachtschwärmern sind köstlich geworden. Ach, übrigens: Es folgten noch mehrere „Schlummerparties" bei uns – mit wachsender Begeisterung meinerseits.

Richtig gelungen war auch unser „Kindersilvester" – sehr zu empfehlen für Familien mit Kindern, die schon zu groß sind, um sie ins Bett zu schikken, und noch zu klein fürs Ausgehen. Unsere Töchter hatten zwei Freundinnen aus Frankreich zu Besuch, also luden wir für unseren Sohn noch zwei Jungen dazu ein. Mit sieben Kindern lohnte sich ein richtiges „Kindersilvester" mit Lieblingsessen, Spielen und viel tollem Kinderquatsch. Kurz vor Mitternacht verfrachteten wir alle ins Auto, machten eine Spritztour ins Stadtzentrum und erlebten hautnah ein grandioses Feuerwerk. Ein krönender Abschluß – und völlig gratis!

Partys, Partys, Partys

Mit den Kindern das Leben feiern, solange sie noch bei uns sind, das ist mir ein tiefes Bedürfnis. So gab es bei uns außer Schlummerpartys auch Schwimm- und Schlittschuhpartys, Verkleidungs- und Überraschungspartys, Fußball- und Schatzsucherpartys, Puppen- und Frühlingsfrisurenpartys, Grill- und Picknickpartys zu Hause, im Garten, auf einer Weide, am Strand ... und oft, wenn ein Schulhalbjahr endlich geschafft war, machte ich mich extra chic, holte die Kinder von der Schule ab, und auf ging's zu einer kleinen „Hurra-es-gibt-Ferien-Feier".

*Frühlings-
frisuren-Party
Schlummerparty
Schatzsucherparty
Puppenparty
Grillparty
Schwimmparty
Schlittschuhparty
„Hurra-Ferien-Party"*

Beliebt waren auch immer unsere „Familienabende", bei denen wir gemeinsam etwas ganz Besonderes losmachten – nur unter uns fünf. Oder genau das Gegenteil: Wir öffneten die Familienbande und „adoptierten" für eine bestimmte Zeit neue Mitglieder – das waren unsere jungen Feriengäste aus Frankreich, England oder den USA. Sie hießen Viviane, Emanuelle, Bertrand, Ruth, Anna, Melanie, Kim, Laetitia, Rachel, Stephanie ... u. a. Gemeinsam mit ihnen feierten wir – international!

In der Bibel gibt es auch wunderbare Beispiele für Feiern und Feste (z. B. 2. Samuel 6 u. a.). Oft dauerten sie tagelang mit allem, was dazugehörte: Jauchzen, Spielen, Tanzen ... und Schmausen. Im Neuen Testament „malt" uns Jesus die tiefe Vaterliebe Gottes zu jedem einzelnen Menschen in einem Gleichnis vor Augen (Lukas 15). Jesus beschreibt dort detailliert ein herrliches Fest, das ein Vater für seinen Sohn vorbereitet hat – aus Liebe und Freude über dessen Heimkehr. Er scheute keine Mühe, um seinem Sohn durch diese Feier zu zeigen: Ich liebe dich! Mein Herz freut sich über dich! Du bist der Ehrengast heute in unserer Mitte!

So habe ich auch stets die Geburtstage unserer Kinder betrachtet. Es waren tolle Gelegenheiten, um ihnen ganz praktisch zu zeigen: „Ich liebe dich! Da draußen in der Schule bist du vielleicht nur einer unter vielen. Aber hier bei uns bist du die Nummer eins! Daß Gott dich in unsere Familie gestellt hat, ist Grund genug, um richtig zu feiern."

Schmetterlinge, Cowboys, Riesenbären

Ich weiß zwar nicht, wie man ein Kalb mästet, in biblischen Zeiten war das ein ganz besonderer Festschmaus (z. B. Lukas 15 und 1. Mose 18,7), aber ich habe zum Entzücken der Kinder zahllose „Modellausgaben" gebacken. Unvergeßlich sind (auch für mich wegen der mühevollen Matscherei): Riesenkatzen, Schmetterlinge, Herzen, Segelschiffe, Puppenwagen (nicht etwa liegend, nein, aufgestellt), Swimmingpools unter Palmen, ein großes Fort mit Cowboys, ein See mit Schatz drin, Riesenbären ... und alles aus Kuchenteig, ehrlich! Ich kann mich nicht erinnern, jemals zum Geburtstag einen „normalen" Kuchen gebacken zu haben! Meine wichtigste „Zutat" bei meinen Teigkreationen war immer die intensive Fürbitte für das Kind.

Bei der übrigen Dekoration am Abend vorher hatte ich stets eifrige Helfer, die Geschwister, und bald erstrahlte der ganze Raum im Feiertagsgewand – allein zu Ehren des Geburtstagskindes. Tortenspitzen, auf Fenster und Türen geklebt, eignen sich übrigens ideal für handgeschriebene Komplimente wie: „Christoph ist toll!", „Miri ist süß!", „Wir lieben Rike!" Oft blieben diese liebevollen Botschaften noch tagelang hängen und wirkten wahre Wunder für das Selbstwertgefühl des Kindes. So lernten wir gemeinsam eine kostbare Lektion: „Wenn ein Glied geehrt wird, freuen sich alle Glieder mit" (1. Korinther 12,26b). Und diese Herzenshaltung ist gar nicht immer leicht für Kinder, besonders wenn sie noch klein sind!

Aber eigentlich muß niemand erst einen richtigen Geburtstag abwarten, um zu feiern. Jede Gelegenheit wie z. B. „Die Zahnspange ist raus!" oder „Das Ende der Windpocken in der Familie" ist ein prima Anlaß für ein kleines Fest. Gute Gründe zum Aufschieben gibt es natürlich immer: zuviel Arbeit, wenig Zeit, kleine Wohnung, Streß, Sorgen ... Aber unsere Eltern und Großeltern hatten tatsächlich recht: Das Leben fliegt dahin (Psalm 90,10b), und im Nu sind die Kinder groß und ausgeflogen. Ich möchte beim Rückblick auf unsere „Kinderjahre" nicht traurig sein über verpaßte Gelegenheiten.

Außer all dem gemeinsamen Spaß und vielen unauslöschlichen Erinnerungen haben unsere Kinder, wenn wir sie bewußt mit einbeziehen, wertvolle Erfahrungen für ihr eigenes Leben gemacht:

1. Eine Feier kostet Einsatz (Zeit, Kreativität, Mühe, Planung, Gebet ...) – aber es lohnt sich!
2. Je jünger die Gäste, desto sorgfältiger muß die Programmplanung sein (d. h. Wechsel von aktiven und stillen Spielen; überhaupt wenig Zeit zum Streiten und gefährlichen Toben).
3. Je älter die Gäste, desto mehr Mitplanung und Verantwortung von den Kindern ist gewünscht.
4. Ein Fest zu Ehren eines anderen Menschen tut ihm wohl und drückt praktische Liebe aus.
5. Jemanden anders mit einer Feier zu ehren, ist eine heilsame Methode, einmal das eigene Ego zurückzustellen.
6. Ein guter Gastgeber stellt sich einfühlsam auf die Bedürnisse seiner Gäste ein. (Das habe ich mit einer 7-Punkte-Liste und kleinen Rollenspielen schon früh eingeübt.)

Ab und zu im Laufe eines Jahres spüre ich so ein gewisses Kribbeln tief in mir und eine wachsende Lust auf ein Fest, ein „Highlight" für mich und meine Lieben. Dann ermutige ich meine Seele auf gut deutsch: „O.K., let's fetz!" Das heißt dann: „Ja – ich tu's jetzt – nicht später – und zwar richtig – von ganzem Herzen – mit all meiner Kraft – mit Schwung und viel Aufwand – aus Liebe!" Dann ist mir alle Extra-Arbeit egal, weil ich zutiefst überzeugt bin: Dieses Fest macht die Herzen unserer Kinder reich an einzigartigen Erinnerungen. Ja, unser gemeinsames Familienleben soll heute angefüllt sein mit viel Spaß, Spiel und Feiern. Dann können wir morgen als Eltern auch getrost und ohne Gewissensbisse einmal „Nein" sagen, wenn in den Teenagerjahren Einladungen zu zweifelhaften Feten kommen. Auch das ist Liebe!

Übrigens: Unsere zweite Tochter wird in diesem Sommer 18 Jahre alt. Ich habe da schon eine tolle Idee! Es kostete mich all meine Selbstbeherrschung, hier nichts von meinen Geburtstagsplänen zu verraten. Aber keine Angst, ich reiße mich zusammen – ihretwegen und meinetwegen. Denn ich will mir doch meine Belohnung nicht verpassen: ihre großen, überraschten Augen! Vielleicht wird sie auch aufschreien: „Mama, du bist ja verrückt!" Dann werde ich sehr zufrieden nicken: „Richtig, liebe Rike, und das mit dem allergrößten Vergnügen! Aus Liebe."

Da draußen in der Schule bist du vielleicht nur einer unter vielen. Aber hier bei uns bist du die Nummer eins!

Peter kommt von der Schule heim und sagt zu seinem Vater: „Papa in China lernen die Männer ihre Frauen erst nach der Hochzeit kennen." Darauf der Vater: „In Deutschland auch."
Schwester Elisabeth Habel, Crailsheim-Roßfeld

Wir hatten daheim mit unserer dreijährigen Tochter Kathrin öfter über das Gewissen gesprochen und ihr erklärt, daß sie durch das Gewissen Gottes Stimme höre. Als ich einmal bügelte, liebäugelte die Kleine mit dem heißen Bügeleisen; wahrscheinlich, weil ich ihr nur das Kindereisen erlaubt hatte. Nach einer Weile erklärte sie mit fester Stimme: „Der liebe Gott hat zu mir gesprochen. Ich darf mit deinem Bügeleisen bügeln."
Christel Beutel, Meißen

Als ich unsere sechs Monate alte Mirjam stillte, fragte unser 4jähriger Samuel völlig ernst: „Mama, wo hast du den Keller im Bauch, wo die Milch herkommt?"
Marlies Förster, Marienberg

Du bist an meiner Seite

Jorginhos Heimspiel mit Cristina

Jorge de Amorim Campos und Cristina Campos

Wenn seine Fans zu Tausenden „Jorgi! Jorgi!" rufen und ihm nach einem großen Sieg alle Herzen zufliegen, dann überrascht es niemanden mehr, daß dieser Fußballspieler der Held des Jahres 1994 war.

In jener Saison verhalf Jorge de Amorim Campos, unter seinen Fans besser bekannt als „Jorginho", dem FC Bayern München zur deutschen Meisterschaft. Außerdem trug er zum Erfolg der brasilianischen Nationalmannschaft bei, die im Sommer 1994 bei der Fußball-Weltmeisterschaft in den USA den Sieg errang.

Eine der vielen Schlagzeilen über Jorginho lautete: „Gut am Ball und in der Bibel." »Lydia« wollte jedoch noch mehr wissen: „Gut auch als Ehemann und Vater?" Auf diese Frage kann seine Frau Cristina am besten antworten. »Lydia« besuchte die Familie de Amorim Campos dort, wo Jorginho, Cristina und ihre drei Kinder Laryssa (5 Jahre), Vanessa (3 Jahre) und Daniel (1 Jahr) wohnen. Ihr Haus ist anders, als man es bei einem millionenschweren Spitzensportler erwarten würde: keine Prunkvilla, sondern ein schlichtes Reihenhaus in einer Sackgasse, in der es von spielenden Kindern auf Fahrrädern und Dreirädern wimmelt.

Cristina ist eine große, schlanke Frau mit schönen dunklen Haaren. Sie ist ein wenig zurückhaltend, doch scheint es ihr nicht schwergefallen zu sein, uns ihr Herz ebenso freundlich zu öffnen wie ihr Zuhause.

1986 hatte sie Jesus Christus in ihr Leben eingeladen – ein ungewöhnlicher Schritt des Glaubens für jemanden, der unter dem düsteren Einfluß des Spiritismus aufgewachsen ist.

Ihr Ehemann Jorginho glaubte damals, er sei „einfach zu gut für eine einzige Frau", und betrog Cristina heimlich unzählige Male während der Verlobungszeit. Doch auch er wurde 1986 Christ, und seither ist sein Leben – ebenso wie die Beziehung zu seiner Frau – völlig verändert.

Heute ist Jorginhos tiefe Liebe zu Cristina kein Geheimnis. Und Cristinas große braune Augen bringen zum Ausdruck: „Jorgi, ich liebe und achte dich." Denkt man an den weltweiten Ruhm, den die Familie im Bereich des Sports erlangt hat, ist man über ihre Prioritäten überrascht: An erster Stelle steht Gott, und dann kommt die Familie; Jorginhos Karriere folgt erst an dritter Stelle.

Im folgenden Interview erzählen Jorginho und Cristina offen über ihre Ehe, ihre Familie und ihren Glauben an Gott.

Cristina, wie haben Sie Jorginho kennengelernt?

Das war 1981, als Jorgis Schwester in eine Wohnung auf der anderen Straßenseite einzog. Jorgi war damals 16 und ich 13. Ich schaute aus dem Fenster und sah Jorgi Möbel schleppen. Er blickte zu mir herüber und zwinkerte. Ich freute mich, daß dieser gutaussehende Kerl mein Nachbar sein würde – daß er nur seiner Schwester beim Einzug half, wußte ich nicht. Doch er besuchte sie gelegentlich, und nach einigen Monaten freundeten wir uns an. Ich wollte allerdings nicht mit ihm gehen, weil ich gehört hatte, daß er aus einem Stadtteil kam, der als Drogenumschlagplatz berüchtigt war. Ich befürchtete, daß auch er mit Drogen zu tun hätte. Jorgi blieb aber beharrlich. Nach ein paar Monaten sprachen wir uns darüber aus und lernten einander besser kennen; von da an gingen wir miteinander.

Hat Jorginhos Karriere Sie beeinflußt, ihn zu heiraten?

Überhaupt nicht. Ich hatte damals nicht die geringste Ahnung vom Fußball, also beeindruckte es mich nicht. Ich habe ihn geheiratet, weil ich ihn liebe. Auch Geld spielte keine Rolle, denn als wir heirateten, hatte er keins. Seit unserem ersten Treffen empfand ich, daß Jorgi der richtige Mann für mich war. Am meisten hat mich die Tatsache beeindruckt, daß er andere immer freundlich behandelte.

Sie sind in einer spiritistischen Familie aufgewachsen?

Ja. Meine Mutter war 20 Jahre lang Spiritistin. Sie ging nachmittags um fünf zu einer spiritistischen Sitzung und kehrte erst früh am nächsten Morgen zurück. Als Kind ging ich mit ihr. Ich bekam viele beängstigende Dinge zu sehen, und es war für mich sehr schwer. Bei allem, was ich erlebt habe, ist es erstaunlich, daß ich mich nicht zum Spiritismus bekannt habe. Im Rückblick wird mir bewußt, daß Gott Seine Hand über mich gehalten und mich davor bewahrt hat.

Wie haben Sie zu Christus gefunden?

Als wir verlobt waren, haben Jorgi und ich uns ständig gestritten. Jetzt ist mir klar, weshalb: Er war untreu. Aber damals war ich entmutigt, weil wir uns nicht verstanden. Wir sprachen davon, uns zu trennen, und das machte mir wirklich zu schaffen. Ich brauchte Hilfe und wußte nicht, an wen ich mich wenden sollte. Vom Spiritismus hielt ich überhaupt nichts. Ich wußte, daß dies nicht der richtige Weg war. Doch dann fing meine Schwägerin Sandra an, mit mir über Gott zu reden. Ich wurde offen dafür, Gott kennenzulernen, Jorgi aber nicht. Er befürchtete, daß sein Leben als Christ zu langweilig werden würde. Sandra zitierte einen Vers aus der Bibel: „Trachtet zuerst nach dem Reich Gottes und nach seiner Gerechtigkeit, so wird euch das alles zufallen" (Matthäus 6,33). Sie forderte mich auf zu tun, was die Bibel sagt, und erklärte, daß Gott Jorgi und mir wieder Liebe zueinander schenken könnte. Kurz danach nahm ich Jesus in mein Herz auf.

Was war danach die größte Veränderung in Ihrem Leben?

Ich hatte absoluten Frieden. Obwohl ich nicht viel mit Spiritismus zu tun gehabt hatte, sprachen die bösen Geister vorher im Traum zu mir, und das machte mir große Angst. Doch nach meiner Hinwendung zu Jesus Christus habe ich diese Alpträume nie wieder erlebt, sondern war von meiner Angst befreit. Außerdem galt für mich ab diesem Zeitpunkt die Zusage Gottes, daß mein Leben in Seiner Hand ist, und das vermittelte mir diesen tiefen Frieden.

Jorginho, wie haben Sie zu Gott gefunden?

Obwohl Cristina bereit war, Christ zu werden, hatte ich meine Bedenken. Ich befürchtete, daß mein Leben total öde werden würde – ohne jeden Spaß. Ich war mir dessen bewußt, daß mein Bruder Jaime ständig für mich gebetet hatte – nachts hatte ich es beim Nachhausekommen immer gehört. Schließlich erklärte ich Jaime, daß Cristina und ich Christen werden wollten. Aber ich fügte hinzu: „Erst am 18. August." Denn am 17. hatte ich Geburtstag und wollte viele Freunde zu einer sagenhaften Party einladen. Mein Bruder akzeptierte das nicht. Er erklärte mir mit Hilfe der Bibel, daß jeder Mensch in seinem Leben die Entscheidung treffen muß, mit oder ohne Gott zu leben. Er sagte mir, daß wir nach Aussage der Bibel die Gelegenheit zu einem Leben mit Gott verpassen können – weil wir nicht immer offen dafür sind. An diesem Tag haben Cristina und ich Jesus gebeten, unsere Sünden zu vergeben.

Von diesem Tag an veränderte sich vieles. Das Wichtigste ist, daß ich meiner Frau seit meiner Entscheidung für Jesus 1986 treu geblieben bin.

Cristina, ist Ihre Mutter Spiritistin geblieben?
Nein, meine Mutter ist jetzt auch Christin. Sie war die erste Person, der ich geholfen habe, zum Glauben zu kommen. Meine Mutter wurde nach ihrer Bekehrung jedoch von bösen Geistern bedrängt. Sie sagten zu ihr: „Wenn du nicht zum Spiritismus zurückkommst, können wir dich töten!" Wir beteten und sagten zu diesen Geistern: „Nein! Sie gehört Gott, und die Bibel sagt, daß Er größer ist als der Teufel."

Was ist Ihrer Meinung nach der Grund, weshalb diese Geister Ihre Mutter belästigten?
Es lag daran, daß sie die Verbindung zum Spiritismus nicht vollständig gekappt hatte. Nachdem sie Jesus angenommen hatte, behielt sie viele Gegenstände im Haus, die sie als Spiritistin benutzt hatte, und auch die bösen Geister blieben in ihrer Wohnung. Die Bibel sagt: „Ihr sollt euch keine Götzen machen und euch weder Bild noch Steinmal aufrichten, auch keinen Stein mit Bildwerk setzen in eurem Lande, um davor anzubeten; denn ich bin der Herr, euer Gott" (3. Mose 26,1). Eines war interessant: Wenn ein böser Geist meine Mutter bedrängte, wollte Jorgi zu ihr gehen, um in der Wohnung zu beten. Aber er verschwand immer, bevor Jorgi ankam.

Hatten Sie mit Jorginhos früheren Beziehungen zu anderen Frauen zu kämpfen? Wie haben Sie ihm vergeben?
Wir haben 1987 geheiratet; drei Monate nach unserer Hochzeit kam er zu mir und bekannte, daß er vor unserer Ehe untreu gewesen war. Ich hatte es immer geahnt, war aber nie sicher. Als er mir von seinen Affären erzählte, war es sehr schwer für mich. Ich fühlte mich verletzt und betrogen. Aber ich vergab ihm. Wenn ich Jesus nicht in meinem Herzen gehabt hätte, dann hätte ich ihm bestimmt nicht vergeben können. Gott gab mir die Fähigkeit, meinem Mann zu vergeben. Mir wurde auch bewußt, daß Jorgi kein Christ gewesen war, als er mich betrogen hatte. Heute, weil Jorgi Christus angenommen hat, kann ich ihm völlig vertrauen.

Haben Sie bei den vielen weiblichen Fans, die Jorginho hat, je mit Eifersucht zu kämpfen?
Manchmal. Vor einigen Wochen, als Jorgi aus Brasilien zurückkam, veranstalteten die Leute für das Team ein Karnevalsfest mit brasilianischen Frauen und Samba. Die Frauen gaben Jorgi Blumen und küßten ihn, so daß er Lippenstift im Gesicht hatte. Ich war nicht im Stadion, sah aber alles im Fernsehen. Natürlich war es nicht leicht, all diese Frauen um meinen Mann zu sehen, aber ich vertraue darauf, daß Gott Jorgis Herz verändert hat – deshalb kann ich ruhig bleiben. Und wenn ich merke, daß eine Frau sich zu Jorgi hingezogen fühlt, dann sage ich: „Paß auf! Diese Frau ist nicht nur an deinem Autogramm und an deinem Glauben interessiert!"

Fühlen Sie sich einsam, wenn Jorginho unterwegs ist?
Nach unserer Hochzeit hatten wir zuerst keine Kinder, und ich fühlte mich so allein. Aber jetzt bin ich durch die Kinder sehr beschäftigt, und das ist wirklich eine Hilfe. Abends vermisse ich ihn immer noch sehr. Ich freue mich, wenn er zu Hause ist – ich gehe nicht gern allein zu Bett.

Beten Sie und Ihr Mann gemeinsam?
Wenn er zu Hause ist, beten wir gemeinsam. In

der ersten Zeit nach unserer Hochzeit haben wir nicht oft gemeinsam gebetet. Aber als wir nach Deutschland gezogen sind, haben wir angefangen, jeden Tag zusammen zu beten.

Wie bleiben Sie in enger Gemeinschaft mit Gott?

Morgens höre ich christliche Musik. Das klappt gut, weil ich auf diese Weise Gott preisen kann, während ich koche. Ich lese auch jeden Tag in meiner Bibel und bitte Gott, mir etwas aus Seinem Wort zu offenbaren. Ich brauche die Gemeinschaft mit Gott genauso, wie ich Nahrung brauche.

Wie empfinden Sie es, mit einem großen Star verheiratet zu sein – haben Sie je das Gefühl, in seinem Schatten zu stehen?

Ich habe nicht das Gefühl, in seinem Schatten zu stehen. Ich weiß, daß Jorgi beliebt ist, das macht mir aber keine Schwierigkeiten. Ich habe nicht den Wunsch, sehr bekannt zu sein. Ich bin froh, daß ich einkaufen gehen kann, ohne mich verstecken zu müssen. Meine Identität beruht nicht auf der Tatsache, daß ich Jorginhos Frau bin.

In Brasilien gibt es das Sprichwort: „Hinter jedem großen Mann steht eine große Frau." Und einige Frauen sagen: „Nein! Ich stehe nicht *hinter* meinem Mann, denn ich stamme aus seinen Rippen. Ich stehe an seiner Seite." Aber ich habe keine Schwierigkeiten anzuerkennen, daß Jorgi das Haupt der Familie ist. Außerdem weiß ich, daß mein Mann immer das letzte Wort hat: „Ja, Liebling!"

Wie ist es, wenn die Mannschaft Ihres Mannes gewinnt? Und was machen Sie, wenn sie verliert?

Bevor wir Christen wurden, war es sehr schwierig, wenn die Mannschaft verlor. Jorginho kam wütend nach Hause. Er war unmöglich. Und natürlich freute ich mich immer über einen Sieg. Aber jetzt ist es kein Weltuntergang für ihn, wenn die Mannschaft verliert.

Was ist das Wichtigste, das Sie Ihren Kindern weitergeben möchten?

Das Wichtigste ist, daß die Kinder die Bibel kennenlernen und in christlichen Beziehungen aufwachsen. Das ist etwas, das sie begleiten wird, wenn sie älter werden – das werden sie nicht vergessen. Es gibt viele Kinder, die zwar aus christlichen Familien stammen, aber zu Hause nie über die Bibel unterrichtet werden. Was sie wissen, lernen sie in der Kirche oder Gemeinde. Ich möchte, daß meine Kinder Jesus zu Hause kennenlernen.

Was lieben Sie an Ihrem Mann am meisten?

Ich liebe Jorgi, weil er liebevoll mit mir und den Kindern umgeht. Außerdem ist er zu Hause und in der Öffentlichkeit derselbe Mann. Er behandelt die Leute genauso freundlich wie mich und die Kinder.

Was mißfällt Ihnen am meisten?

Wenn er fernsieht, kann ich nicht mit ihm reden. Er hört nicht zu. Ich muß alles drei- oder viermal wiederholen, und dann werde ich wütend, wenn er nicht antwortet.

Jorginho, in Ihrem neuen Buch „Steil-Paß" erwähnen Sie, daß Ihre Frau Ihr größter Fan ist. Warum?

Weil sie auch an meinen schlechten Tagen für mich da ist. Ob ich ein Superspiel oder ein schlechtes Spiel habe, sie ist immer da. Sie kennt mich besser als irgend jemand sonst, und sie ist immer ehrlich zu mir.

Jorginho, was gefällt Ihnen an Ihrer Frau am meisten?

Ich liebe sie, weil sie schön ist. Außerdem gefällt mir, daß sie Geduld mit mir hat und nicht darunter leidet, die Frau eines populären Sportlers zu sein. Sie ver-

steht es, wenn die Leute zu mir kommen, und ist in dieser Hinsicht sehr geduldig.
Und am wenigsten?
Am wenigsten? Hmm ... (Lange Pause – Es kam keine Antwort.)
Wie schätzen Sie sich selbst als Ehemann und Vater ein?
Ich versuche, liebevoll zu meiner Frau zu sein. Ich bete auch, daß Gott mir die Weisheit gibt, ein guter Vater zu sein – meinen Kindern ein gutes Beispiel zu geben. Und daß ich – wenn die Kinder etwas Falsches tun – sie in Liebe strafen kann. Ich bete, daß Gott mir Geduld gibt, weil es nicht leicht ist, drei Kinder zu haben. Es macht viel Mühe, aber es bringt auch viel Spaß.
Sie sind jung, aber Fußballspieler scheiden früh aus dem professionellen Fußball aus. Welche Pläne haben Sie für die Zukunft?
Noch einige Jahre spielen. Dann würde ich gern verschiedene Gemeinden besuchen, um anderen Menschen meinen Glauben mitzuteilen. Im vergangenen Jahr haben einige Freunde und ich eine Mission mit dem Namen „Kinder- und Jugend-Kooperations- und Entwicklungs-Zentrum" gegründet, um den Straßenkindern in Rio zu helfen. Diese Kinder sind arm und suchen in Mülltonnen nach Lebensmitteln. Viele gehören zu einer Bande, und einige haben im Alter von 14 Jahren schon Mitglieder anderer Banden umgebracht. Folglich haben sie ein schuldbeladenes Gewissen.

Während der Woche sammeln wir die Kinder und bringen sie in eine Gemeinde am Ort, wo wir sie verpflegen und mit der Botschaft der Bibel vertraut machen. Es ist ein langsamer Prozeß, aber wir hoffen, in naher Zukunft ein Gebäude zu finden und als Zentrum für diese Kinder aufzubauen. Mein Wunsch ist, ihnen mitzuteilen, daß Gott sie liebt und einen Plan für ihr Leben hat. Das wird ihnen Hoffnung geben, und dann haben sie die Chance zu überleben.

Gebet einer Ehefrau

Herr, hilf mir, in der Rolle, die Du mir gegeben hast, gewiß zu sein.

Hilf mir, meinen Ehemann in seiner Rolle als Familienvorstand zu unterstützen.

Hilf mir, nie die „kleinen Dinge", die er für mich tut, für selbstverständlich zu halten.

Hilf mir, immer Treue zu beweisen durch meine beständige Unterstützung seiner Bemühungen.

Hilf mir, durch Liebe Besitzansprüche und Eifersucht zu überwinden.

Hilf mir, meinen Ehemann nie an die Fehler seiner Vergangenheit zu erinnern.

Hilf mir, als Geliebte nicht nur zu empfangen, sondern auch zu geben.

Hilf mir, mich selbst so zu akzeptieren, wie Du mich erschaffen hast.

Hilf mir, Gefühl zu haben für den Druck, der meinem Ehemann begegnet in der Fürsorge für die Familie.

Hilf mir, in Zeiten wichtiger Entschlüsse verständnisvoll zu sein.

Hilf mir, ihm zu gefallen, indem ich meine äußere Person pflege.

Hilf mir, daß ich nie meine Schmerzen und Wünsche vor ihm verberge.

Hilf mir, gegenüber seinem Tagesablauf genauso rücksichtsvoll zu sein, wie ich es von ihm gegenüber meinem erwarte.

Hilf mir zu bedenken, daß mein Ehemann Dein Geschenk für mich ist. Amen.

Meine schwarze Liste

Warum ich aufhörte, die Fehler meines Mannes zu zählen

Ruth Heil

Endlich war ich fertig und konnte das Haus verlassen. Es war auch höchste Zeit – der Termin beim Kinderarzt mußte unbedingt eingehalten werden. Zuletzt hatte ich noch den zweiten Schuh von Salome suchen müssen, der oft unauffindbar war, wenn es besonders drängte. Doch nun war auch diese letzte Hürde geschafft …

Denkste! Ich griff zum Autoschlüssel. Aber da war keiner. Wo hatte ich ihn nur zuletzt gesehen? Fieberhaft durchwühlte ich meine Jackentaschen. Ich hätte meinen Mann nach dem Ersatzschlüssel fragen können, doch die Blöße wollte ich mir nicht geben. Die Zeit lief mir davon, und schließlich ergab ich mich dem Schicksal.

„Schatz", flötete ich, so liebevoll ich konnte, durch die Haussprechanlage, „hattest du zuletzt das Auto?" Mein Mann durchschaute sofort, worum es ging: „Du suchst wieder mal den Autoschlüssel. Wie oft habe

ich dir schon erklärt: Lege ihn gleich, wenn du heimkommst, an seinen Platz, und er wird dort liegen, wenn du ihn brauchst!" – „Bitte, ich hab's wirklich eilig, gib mir doch den Ersatzschlüssel!" – „Wenn ich dir den immer geben würde, hätten wir schon längst gar keinen Schlüssel mehr", informierte er mich kühl. Langsam fing ich an zu kochen und wurde richtig wütend auf ihn. Aber ich war auf ihn angewiesen und mußte weiter freundlich zu ihm sein. Doch insgeheim sann ich auf Rache: Wenn er je seinen Schlüssel verlieren würde, dann würde ich ihn auch so behandeln wie er mich!

Erinnerung – Gabe der Frauen

Gott hat uns die Gabe der Erinnerung geschenkt. Das macht uns fähig, aufbauend auf unserem bisherigen Wissen, Neues hinzuzulernen. Die Erinnerung ermöglicht es uns auch, Vergangenes wieder lebendig werden zu lassen. Wir denken an einen Geburtstag und die frohe Stimmung zurück, wir erinnern uns an die Geburt eines Kindes und empfinden noch einmal das tiefe Glücksgefühl, als wir es in den Armen hielten. Wir können Stimmungen hervorholen aus unserem Inneren, wenn wir Fotos anschauen. Und es kann vorkommen, daß wir erneut lachen müssen über lustige Begebenheiten und weinen müssen über Schmerz, der schon lange zurückliegt.

Vielleicht ist dies eine der besonderen Gaben der Frauen, die sie fähig machen, über sich selbst hinauszuwachsen, indem sie Erinnerungen lebendig erhalten können, als hätte sich etwas gerade ereignet. Einer meiner Teenager pflegte mich bei jeder Gelegenheit wissen zu lassen, wie wenig ich ihm paßte. Da half es manchmal, sich an die positiven Gefühle bei der Geburt jenes Kindes zu erinnern; ich merkte, wie ich es dann trotzdem annehmen konnte.

Aber jeder Gabe ist auch eine Gefahr zu eigen, nämlich daß sie sich ebenso negativ auswirken kann, wenn man nicht aufpaßt. Dazu gehört auch der wohl schwerste Kampf im Leben einer Frau: sich nicht von ihren negativen Erinnerungen und Gefühlen beherrschen zu lassen.

Je näher wir einem Menschen sind, um so mehr können wir lieben. Und je mehr wir lieben, um so tiefer sind die Wunden, wenn wir verletzen.

Deshalb treten schwerste Verletzungen am häufigsten in der Ehe auf. Hier kommen wir uns am nächsten, hier wissen wir am besten um unsere verwundbaren Punkte, hier lieben und hier leiden wir. Nur ein Buchstabe ist in diesen zwei Worten „lieben" und „leiden" anders, und zwar dadurch, daß er in die entgegengesetzte Richtung zeigt.

Neulich hörte ich, daß es einen kleinen Teil im Gehirn der Frau gäbe, von dem noch nicht bekannt sei, für was er zuständig sei. Ich mußte spontan denken: Das ist der dunkle Bereich, in dem die Frau die Fehler ihres Ehemannes sammelt und aufbewahrt – die „schwarze Liste".

Es ist der dunkle Bereich, in dem die Frau die Fehler ihres Ehemannes sammelt und aufbewahrt – die schwarze Liste.

Männer, bitte versteht uns Frauen

Diese Gewohnheit, emotionale Verletzungen zu sammeln, ist sehr eigenartig. Wir Frauen schaffen es, solche Gefühle „einzufrieren". Sie werden uns also nicht immer gleich bewußt. Wir sammeln fortwährend. Irgendwann ist der Speicher voll. Und dann „läuft er über", leider manchmal im unpassenden Moment. Für den Mann erscheint dies oft als Bagatelle, der er sich ausgeliefert sieht. „Sie hat die Gabe, aus einer Mücke einen Elefanten zu zaubern", berichtet der aufgebrachte Ehemann.

Es gibt Männer, die versuchen, auf ihre Frauen einzugehen. Aber irgendwie scheinen Mann und Frau oft verschiedene Sprachen zu benutzen – und so bleibt die wirkliche Verständigung häufig auf der Strecke.

Andere versuchen, ihren Frauen diese „Marotte" abzugewöhnen, indem sie die Not ihrer Frau einfach ignorieren.

Dann sind da noch jene, die ihrer Frau beweisen wollen, daß sie im Unrecht ist.

Wer als Mann diesen Artikel gelesen hat, dem kann ich nur raten: Werden Sie in solchen Momenten zum Therapeuten Ihrer Frau. Hören Sie zu, als würde sie einen anderen Mann beschimpfen! Geben Sie ihr recht! Bedauern Sie sie! Nehmen Sie schließlich das weinende, schimpfende Bündel in den Arm, und sagen Sie ihr, daß Sie alles tun werden, um sie in Zukunft vor diesem Unmenschen zu beschützen!

Meines Erachtens ist dies die tiefste Form der Liebe, die ein Mann seiner Frau geben kann, indem er in die Tiefen ihrer negativen Gefühle blickt und sagen kann: Dich nehme ich an, obwohl ich Fehler gemacht habe und du auch welche hast.

Doch wie kann die Frau lernen, mit ihren Gefühlen umzugehen?

Martin Buber sagt: „Jeder Mensch auf dieser Erde ist auf der Suche nach einem Menschen, der ihm das Ja des Seindürfens zuspricht."

Dieses Ja sehe ich für mich als Frau besonders im Bereich der Gefühle: Ich darf diese Emotionen haben! Sie fragen mich nicht danach, ob sie hereindürfen oder nicht. Sie sind einfach da, ausgelöst durch ein Wort, eine Begebenheit, ein Gefühl.

Gefühle wahrnehmen, nicht verdrängen

Es ist nicht genug, daß ich Gefühle verdränge, indem ich sage: So eine Kleinigkeit, die vergesse ich einfach. Es ist gut, darüber nachzudenken, warum ich auf diese Weise reagiert habe. Sonst steht sie heimlich schon auf der schwarzen Liste meines Mannes, die unmerklich immer länger wird. Es ist oft das Schuldenkonto des Sich-nicht-angenommen-Fühlens.

Aufarbeiten durch Aussprechen

Mädchen sprechen übrigens schneller als Jungen. Frauen verarbeiten häufig durch Reden. Wenn Sie eine Freundin haben, die Sie zum Positiven beeinflußt, dann sprechen Sie mit ihr. Vielleicht können Sie auch miteinander beten und Ihre Not zu Gott bringen.

Ausgesprochene Probleme verlieren vor den Ohren eines mitfühlenden Menschen ihre Dynamik; manchmal findet man zusammen spontan eine Lösung, indem man entdeckt, wie man mit ihnen umgehen könnte.

Aufschreiben

Was Sie immer wieder quält, sollten Sie aufschreiben. Versuchen Sie zu formulieren, was Sie stört, was Sie ärgert, was Sie kränkt, ebenso, wenn Sie sich zurückgesetzt oder vernachlässigt fühlen.

Setzen Sie sich nun mit dem Aufgeschriebenen auseinander, denken Sie darüber nach. Vielleicht stellen Sie schon jetzt beim Durchlesen fest, daß es an Kraft verloren hat. Oder aber, daß der Ärger wieder neu hochkommt.

Wie wir auf die Symptome unseres Körpers hören, wenn Zahnweh, Bauchschmerzen oder der eingeklemmte Nerv uns plagen, müssen wir auch auf Verletzungen unserer Gefühle achten. Sie wachsen sonst weiter zu unerträglichen Schmerzen, die uns innerlich peinigen, gefühllos machen oder sogar töten können.

Gefühle nicht über uns herrschen lassen

Gefühle sollen wir wahrnehmen, sie uns bewußt machen, an ihnen arbeiten. Aber sie dürfen nicht unser Leben beherrschen! Mir bedeutet sehr viel, was Römer 5,8 sagt: „Darin erweist Gott seine Liebe zu uns, daß Christus für uns starb, als wir noch Sünder waren."

Die Gefühle, die Gott für uns haben konnte, waren sicher keine wundervollen. Er, der heilige Gott, sah die Verlogenheit, die Sündhaftigkeit, die Gemeinheiten des Menschen. Seine Liebe zeigt sich aber gerade darin, daß Er gegen Seine Gefühle handelt, indem Ihm unsere Hoffnungslosigkeit und unser Verderben vor Augen steht.

Wir müssen einen Lernprozeß für unsere Emotionen einleiten, d. h. eine neue Richtung erlernen, wenn sie uns auf einen falschen Weg ziehen wollen.

Nachdem wir innerhalb unseres Ortes in ein neues Haus umgezogen waren, geschah es des öfteren, daß ich auf dem Nachhauseweg in die alte Richtung abbog. Die Gewöhnung (hängt mit „wohnen" zusammen), auf diesem Weg heimzukommen, war noch nicht verklungen. Natürlich kehrte ich nach kurzer Zeit wieder um. Später dann holte ich den schon gesetzten Blinker des Autos noch vor dem Abbiegen wieder zurück. Heute komme ich nicht mehr auf die Idee, dort abbiegen zu wollen. Das alte Haus ist nicht mehr meine Wohnung.

Wenn die negativen Emotionen mich gefangennehmen wollen (die schwarze Liste will in Aktion treten), sage ich ihnen, wohin sie gehören und daß ich nichts mit ihnen zu tun habe, auch wenn sie früher einmal bei mir wohnten.

Sicherlich werden mir dabei noch Fehler unterlaufen, und ich werde ungewollt in die alte Richtung abbiegen, aber das Alte wird immer mehr die Kraft über mich verlieren. Römer 12,2 „… Erneuert euer Wesen durch Erneuerung eures Sinnes …"

Sie haben ein Recht, sich zu schützen

Sie dürfen sich wehren! Niemand sollte von Ihnen verlangen, keine Emotionen zu haben, wenn Sie jemand ärgert, beleidigt, angreift, verletzt. Dies ist ein Schutzmechanismus Ihrer Seele. So wie Sie Ihren Körper schützen, wenn Sie in Gefahr sind, sollen Sie auch Ihre Seele bewahren. Setzen Sie sie nicht unnötig Schmerzen aus. Lassen Sie das, was jemand zu Ihnen sagt, um Ihnen wehzutun, nicht einfach in Ihre Seele fallen.

Bitten Sie dabei Gott, daß Er jetzt den Mantel Seiner Liebe um Sie stellt, während Sie zuhören (Epheser 6: geistliche Waffenrüstung).

Sie haben natürlich ein Recht auf solch eine schwarze Liste

Nehmen Sie ein großes Blatt Papier, und schreiben Sie alles auf, was Sie kränkt. Wenn Sie wollen, fangen Sie sogar schon in der Kindheit an. Listen Sie Vater und Mutter auf, Lehrer und Onkel. Fahren Sie fort mit den Fehlern Ihres Mannes, seinen unschönen Worten, seiner Vernachlässigung Ihnen gegenüber.

Machen Sie sich bewußt: Sie haben ein Recht, darüber ärgerlich zu sein! Ja, denn Sie wurden verletzt.

Aber Sie haben auch ein Recht, verzeihen zu dürfen

Es liegt in Ihrer Entscheidung! Vielleicht fällt es Ihnen schwer, zu vergeben, weil Sie befürchten, der andere

---

Beginnen Sie mit einer „weißen Liste". Schreiben Sie all das Gute auf, das Sie an Ihrem Mann finden.

könnte es wieder tun. Sie tragen es ihm lieber nach, weil er sich so vielleicht bessert. Möglicherweise fühlt er sich dann schuldig, ist in Ihrer Gewalt und im Grunde „Ihr Gefangener".

Doch eigenartig, Groll macht es nur noch schlimmer. Die Kluft zum anderen vertieft sich. Unser Recht auf Rache bewirkt, daß wir selbst Gefangene unserer Bitterkeit werden, während sich der andere immer weiter von uns entfernt.

Denken Sie daran: Sie haben ein Recht, vergeben zu dürfen. Niemand kann Sie dazu zwingen. Aber Sie können sich dazu entscheiden. Epheser 4,26-27 sagt: „... Laßt die Sonne nicht untergehen, ehe ihr verzeiht, und gebt nicht Raum dem Lästerer!"

Lassen Sie sich von Ihren Gefühlen nicht beherrschen! Sie sind nicht mehr frei, wenn Gedanken der Rache, des Verletztseins, der schwarzen Liste Sie gefangennehmen.

Nehmen Sie Ihre schwarze Liste, und tragen Sie sie vor den Herrn! Schütten Sie Ihm Ihr Herz aus, wie es in Psalm 62 steht. Sagen Sie Ihm, was Ihnen weh tat und was Sie heute neu schmerzt. Bitten Sie Ihn, daß Er Sie heilt. Und danach zerreißen Sie dieses Blatt in kleine Stücke. Diese Liste darf keine Gewalt mehr über Sie haben.

Immer, wenn nun die alten Verletzungen auftauchen wollen, sagen Sie ihnen, daß sie fehl am Platz sind. Sie sind bezahlt durch das Blut Jesu.

Als einer der Herrscher Frankreichs an die Macht kam, ließ er eine Liste all derer anfertigen, die ihm zuvor das Leben schwergemacht und ihm nachgestellt hatten. Als er die Liste in der Hand hatte, malte er hinter jeden Namen ein Kreuz. „Sollen sie alle getötet werden?" fragten seine Anhänger. „Nein", antwortete dieser, „ihnen allen habe ich vergeben, weil Christus für mich starb."

Die Taktik Satans durchschauen

„... Euer Widersacher, der Teufel, geht umher wie ein brüllender Löwe und sucht, wen er verschlingen kann" (1. Petrus 5,8). Satan wird immer wieder versuchen, uns an dem Punkt zu verletzen, wo wir schon eine Verletzung hatten. Dort sind wir besonders sensibel und reagieren viel schneller. Wir selbst müssen diese Stellen kennen und sie ausdrücklich Gott anbefehlen.

Ist etwas Gutes, dem denket nach! (aus Philipper 4,8)

Oft haben wir kaum eine Chance, über das Gute nachzudenken, weil unsere Gedanken zu beschäftigt sind, Ungutes aufzuarbeiten. Aber gerade das Gute bewirkt, daß sich mein Mann von mir anerkannt und geschätzt fühlt. „Mein Mann sagt mir ja auch nicht das Gute", antwortete mir eine Frau verbittert, als ich sie bat, seine guten Seiten zu erwähnen.

Verändert handeln kann nur der, der das Problem durchschaut hat. Deshalb fangen Sie an! Beginnen Sie mit einer „weißen Liste". Schreiben Sie all das Gute auf, das Sie an Ihrem Mann finden. Vielleicht finden Sie nur wenig. Aber haben Sie den Mut, das Wenige auszusprechen.

Es gibt wohl keinen Menschen, der nicht für Lob empfänglich wäre. Kritik wirkt häufig zerstörend, Lob richtet auf.

Geben Sie dem Bösen nicht die Chance, aus Ihnen einen Gefangenen Ihrer Bitterkeit zu machen. Indem Sie vergeben, wird auch Gott Ihre Schuld in die Tiefe des Meeres werfen (Micha 7,19 und Matthäus 6,12).

Während ich diesen Artikel schrieb, nahm ich mir vor, auch wieder mal meine Seele nach einer schwarzen Liste zu durchforsten. Und ich fand eine! Ganz unbemerkt hatte sie sich neu gebildet. Ich übergab sie an Jesus Christus. Was für eine neue Freiheit fühlte ich dadurch!

Abends zeigte ich meinem Mann eine andere, weiße Liste und sagte ihm, was ich an ihm schätzte: seine Sparsamkeit, seinen treuen Umgang mit unserem Zehnten, seine Hingabe im Dienst für Jesus ... Er schaute mich ungläubig an. „Meinst du wirklich mich, oder verwechselst du mich mit jemandem?" Ich schämte mich, daß ich ihn so oft hatte wissen lassen, was mir nicht paßte, und so selten, was ich an ihm schätze.

Damit sie sich wieder vertragen

Elisabeth Ullmann

Wo der Bus nur bleibt? Ungeduldig schaue ich die Straße entlang und zwischendurch immer wieder auf meine Uhr. Aber das alles ist unsinnig, da ich bestimmt noch fünf Minuten warten muß. Ich beginne, die Leute um mich herum zu betrachten, und hänge dabei meinen Gedanken nach.

Gerade überquert ein Schuljunge die Straße und möchte nun mit dem Bus nach Hause fahren. Auf dem Rücken trägt er seinen Schulranzen und in seinen Händen eine kleine Topfpflanze, ein Usambaraveilchen.

Ich muß schmunzeln über dieses Bild, wie er da so schützend die kleine Pflanze vor sich her trägt. Vielleicht hat ja die Oma Geburtstag und er hat sein Taschengeld geopfert, um sie zu überraschen.

Dann setzt er sich vorsichtig wie ein scheuer Vogel auf die äußerste Ecke einer Haltestellenbank und hockt nun da zusammengesunken und schaut traurig sein Pflänzchen an. ‚Irgendwie sieht er doch nun gar nicht nach einer fröhlichen Geburtstagsfeier aus', denke ich verwundert.

Auf der gegenüberliegenden Straßenseite kommt sein Freund angeradelt und ruft nach ihm. Doch er hört nichts. So kommt der andere Junge herüber zu ihm und fragt sogleich neugierig nach dem Blumentopf in seiner Hand: „Was soll das, für wen sind die?" Da hebt der Junge seinen Kopf und murmelt fast unverständlich: „Die Blumen sind für meine Eltern, damit sie sich endlich wieder vertragen …"

Mein Bus kommt. Betroffen und nachdenklich steige ich ein.

Die beste Freundin meines Mannes
Ein begehrtes Ziel

Maria Czerwonka

„Früher konnte er mir nicht lange genug in die Augen sehen, jetzt weiß er nicht einmal die Farbe meiner Augen." „Früher waren wir ein heißblütiges Liebespaar, jetzt sind wir nicht mal ein intaktes Wirtschaftssystem."

Diese Aussagen bestätigen die Feststellung der Statistiken, daß 80% der romantischen Gefühle in den ersten beiden Ehejahren vom alltäglichen Ablauf verschluckt werden.

Wie kann es zwischen zwei Menschen, die voller Zuneigung füreinander einen gemeinsamen Weg begannen, zu solch einer Abkühlung ihrer Beziehung kommen?

Die Romantik der ersten Verliebtheit – dieses ganz auf den anderen Fixiertsein, zerbröckelt an den täglichen Anforderungen. Unser Denken und Fühlen wird durch viele neue Herausforderungen, Beruf und Haushalt oder auch Schwangerschaft, auf ungewohnte Ebenen gelenkt. Auch die Männer sind nicht mehr nur Umwerber, sondern müssen ihren Platz als Ehepartner und als Väter finden.

Weil wir meinen, automatisch in die neuen Aufgaben hineinzuwachsen, unterschätzen wir diese massiven, sehr lebensbestimmenden Veränderungen, die in die junge Ehe eindringen. Wir neigen dazu, uns nach dem Vergangenen – in diesem Fall der ungezwungenen, romantischen Verliebtheit – zurückzusehnen, und vernachlässigen so, die neuen Anforderungen gemeinsam als Chance zu erkennen und auszufüllen. Unsere Blickrichtung braucht eine Neuorientierung – „Verliebte schauen sich an, Freunde schauen in dieselbe Richtung".

Freundschaft in der Ehe ...

Leider ist es in unserem Denken zu einer Trennung zwischen Freundschaft und Ehe gekommen.

Die Ehe – als kleinste menschliche Zelle – ist der ureigentliche Bereich, um wirklich eine tiefgehende Beziehung zu leben und zu erleben. Aus dieser wachsenden Freundschaft zueinander bekommen alle Bereiche der Ehe, einschließlich der Romantik und der Sexualität, immer wieder neue Energie und Tiefe.

Wir erfahren im alltäglichen Umgang, daß Sympathie noch keine Freundschaft ist. Aber wie Sympathie die Tür für eine Freundschaft sein kann, so sollte Verliebtheit die Eingangshalle zu einer innigen Beziehung werden. Daß eine Freundschaft entsteht und wächst, ob in der Ehe oder zu anderen Menschen, ist ausschlaggebend damit verbunden, inwieweit ich mich auf den Partner einlasse, wie sehr ich bereit bin, mich zu öffnen, ebenso verbunden mit der wachsenden Bereitschaft, den anderen in Schwierigkeiten zu tragen.

... ehe es zu spät ist

Wirkliche Freundschaft hat ihr Urbild in der Liebesbeziehung von Gott zum Menschen.

Wir lesen in der ganzen Bibel von tiefen Beziehungen, die Gott zu den Menschen pflegte und intensivierte, die sich für Ihn öffneten. Besonders wird die Zuwendung Gottes an der Art deutlich, wie Jesus mit seinen Jüngern umging. Hier wird sichtbar, wie innig, vertraut und persönlich Gott sich Beziehungen zu Ihm und untereinander wünscht.

So ist es für mich auch immer überwältigend, wie sehr die unterschiedlichsten Personen in den Gemeinden als Gottes Kinder füreinander zum Segen werden. Wir sollten dies ebenso in unseren Ehen erleben. Allerdings, was an Verschiedenheit beim Kennenlernen noch interessant und befruchtend erscheint, frustriert meist im Ehealltag. Besondere Schwierigkeiten bereiten uns oft die total verschiedenen Denkansätze von Mann und Frau.

Ich habe lange Zeit die Chance vertan, daß mein Mann und ich uns in unserer Andersartigkeit besser kennenlernten. Es erschien mir viel bequemer, mich mit meinen Gedanken, Gefühlen, Träumen, Wünschen oder sogar Problemen einer Freundin zu öffnen, da sie mich ja schon vom fraulichen Aspekt her ohne große Erklärungen versteht.

Früher trug er mich auf Händen. Jetzt kann ich ihm alles hinterhertragen.

Bleib, wie du bist

Ich bin zum Beispiel in einer eher steif-nüchternen Familie aufgewachsen. Mein Mann dagegen ist ein überaus heiterer Mensch, und mir taten seine Späße und gelungenen Wortspiele vor der Ehe sehr gut. In der Ehe allerdings schämte ich mich plötzlich wegen seines Humors. Was ich vorher geliebt hatte, wurde mir zum Ärgernis. Ich begann, zynisch und aggressiv auf seine Scherze zu reagieren, und versuchte, aus ihm einen ernsthaft seriösen Menschen zu machen. Damit schadete ich zusehends der Atmosphäre in unserer Ehe und Familie. Erst in einem schwierigen Gespräch, in dem mein Mann das Problem durch einen kurzen humorigen Ausspruch auf den Punkt brachte und damit zugleich auch entkrampfen konnte, begann ich zu entdecken, daß Gott sich etwas dabei gedacht hatte, als Er mir – einem fast zur Schwermut neigenden Menschen – solch einen Mann zur Seite stellte. Heute schätze ich den Humor meines Mannes sehr, der oft verzwickte Situationen – inzwischen immer feinfühliger – damit entschärfen kann.

In unserer wachsenden innigen Beziehung erfahre ich, wie reich mich Gott durch die Andersartigkeit meines Mannes beschenkt. Aus dieser Erkenntnis habe ich ernüchternd akzeptiert, daß wir einander nicht zur Korrektur oder sogar zum Gleichwerden gegeben sind, sondern zu einer ergänzenden Einheit!

Entscheidend ist dabei, daß ich lerne, meinen Mann aus der Sicht Gottes zu entdecken, und zwar so, wie Gott ihn sich gedacht hat. In unserem Fall war ich anfangs oft erschrocken, wie weit Gottes ursprüngliche Absicht in der Persönlichkeit meines Mannes von meinen Vorstellungen entfernt lag – nicht nur beim Humor. Nicht immer war ich bei diesen Entdeckungen begeistert, aber als ich mich ganz auf Gottes Weisheit verließ – „Du hast ihn mir als Mann zur Seite gestellt, also hast Du Dir auch etwas gedacht! Was nur? Ich möchte es entdecken!" merkte ich, wie Er mich gerade durch diese Wesensart mit meinem Mann beschenken wollte. Aber auch in meinen Begabungen wurde ich herausgefordert, Bereiche aufzufangen und meinen Mann zu ergänzen.

Freundschaft braucht Zeit

Obwohl man bei der Eheschließung meint, nun ein ganzes Leben füreinander Zeit zu haben, ist – erfahrungsgemäß – gerade gemeinsame Zeit in der Ehe sehr, sehr kostbar. Oft kommt es nicht so sehr auf die Quantität, als vielmehr auf die Qualität an.

In Streßzeiten haben mein Mann und ich gelernt, kurze intensive „halbe Stunden" zu nutzen, eine Runde um den Block, die – oft leider kurzen, aber dafür gemeinsamen – Fahrten zu einem Auftraggeber, zur Post usw. Wir übten uns darin, sofort zum Thema zu kommen, Wünsche zu äußern und Gefühle zu sagen.

Ehe ist und bleibt eine Zelle, die lebendig ist und sich somit weiterentwickelt, oder sie trocknet ein und stirbt ab. Den Mann, den ich einmal heiratete, habe ich heute nicht mehr. Er ist zwar dieselbe Person, aber in der Persönlichkeit total verändert, und umgekehrt gilt dasselbe. Ich bin sehr froh darüber, denn er würde heute zu der Maria, die ich damals war, nicht mehr passen. Wir wären uns – ohne die gewachsene Freundschaft zueinander – heute sehr fremd. Wir sind aneinander und durch vielschichtige Aufgaben in unserer Persönlichkeit gereift.

In der gemeinsamen Zeit lernte ich auch zuzuhören, was mir zugegebenermaßen immer noch schwerfällt. Nicht alles, was mein Mann mir erzählt, interessiert mich – umgekehrt ebenso. Aber alles, was mein Mann mir erzählt, interessiert ihn! Und so erfahre ich, was ihn angeht, was ihn beschäftigt – auch dies sind Hinweise auf seine Person, seine Grenzen und seine Stärken.

Zuhören ist ein Zeichen, daß ich mein Gegenüber, besonders meinen Mann, als eine Persönlichkeit achte, die wertvoll ist und mit der Gott mich optimal ergänzen kann.

Gebet – Siegel unserer Freundschaft

Die Achtung des Partners bekommt u. a. im Gebet sein Fundament. Das Gebet für meinen Mann intensiviert unsere Ehebeziehung wie kaum eine andere Aktivität!

Das Gebet füreinander ist das Siegel einer Freundschaft. Es hebt jede Beziehung auf ein Niveau, das durch Reden und Liebesbemühungen allein nicht erreicht wird.

Das Gebet für den anderen wirkt immer auch befreiend: Als ich begann, meinen Mann vor Gott zu „bebeten", begriff ich erstaunt, daß er nicht mein, sondern Gottes Eigentum ist. Dies hatte eine enorm befreiende Auswirkung auf mich und somit auch auf unsere Ehe. Ich fühlte mich zuvor immer für alles, was er sagte und tat, verantwortlich – diese „Bürde" konnte ich nun endlich loslassen, weil ich erkannte: ich bin allein für mich vor Gott verantwortlich und für meine – immer wieder erneuerte, gereinigte und somit wachsende – Beziehung zu meinem Mann.

Ein amerikanischer Psychiater stellte im Laufe vieler Untersuchungen fest: Es besteht ein direkter Zusammenhang zwischen der Fähigkeit, allein fest im Glauben zu stehen, und der Fähigkeit, eine wirklich tiefe Beziehung einzugehen.

Je tiefer und fester ich im Vertrauen zu Gott stehe, desto mehr werde ich befähigt, die Spannungen unserer Ehe, die durch das Erkennen der Grenzen meines Mannes entstehen, aber auch durch das Erfassen meiner eigenen inneren Barrieren, mit Gottes Hilfe zu tragen.

Die beste Freundin meines Mannes

Abschließend möchte ich noch auf eine scheinbar ausgesprochen frauliche Stärke hinweisen, mit der wir die meist verschüttete Romantik wieder aktivieren können. Die Werbung um die Frau wird oft dem Mann zugesprochen. Wir erwarten dieses Umworben-Sein dann auch in der Ehe, aber leider verliert sich diese männliche Eigenart oft. Frustriert ziehen wir uns als Frauen zurück und empfinden es als ungerecht, daß „immer wir den Anfang machen" sollen. Aber es scheint so, als sei es letztlich doch eine besonders weibliche Gabe, Initiative zu ergreifen oder auch Atmosphäre zu schaffen – bei Licht betrachtet setzte sie oft erst die Werbung des Mannes in Gang! Darum sollten wir sie mit ganzem Herzen bejahen, fördern und mit Gottes Phantasie ausfüllen, z. B. mit Blumen am Bett, einem zärtlichen Gruß im Bad oder am Arbeitsplatz, einem lustig oder mal festlich gedeckten Tisch. Als ich diese Fähigkeit ohne Vorbehalt annahm, staunte ich, wie romantisch mein Mann darauf reagierte – nicht sofort, aber immer offener und lieber.

Je vertrauter und inniger meine Freundschaft zu meinem Mann wird, desto intensiver entwickeln sich alle anderen Bereiche unserer Ehe.

In der anfänglichen romantischen Verliebtheit zueinander ahnen wir, daß Ehe mehr ist als eine wirtschaftliche Lebensgemeinschaft. Wir sollten das Ziel einer vertrauten, herzlichen Freundschaftsbeziehung nie aus den Augen verlieren.

Ich denke, wir Frauen können und sollen uns dabei gegenseitig anspornen und helfen, die innige Ehefreundschaft als großes Geschenk Gottes zu akzeptieren und zu aktivieren.

… Damit wir die beste Freundin unseres Mannes werden.

Ungewöhnliche Wege

„Dallas" war nicht alles

Susan Howard

Susan Howard besaß eigentlich alles – Geld, Erfolg, Ansehen –, wie es bei einer bekannten Schauspielerin nicht anders zu erwarten ist. Als Donna in der Fernsehserie „Dallas" hatte sie die Spitze der Erfolgsleiter erklommen. Aber das war nicht genug für Susan, die schon als kleines Mädchen davon geträumt hatte, einmal Schauspielerin zu werden. Trotz Anerkennung und diverser Auszeichnungen konnte sie nichts über die Tatsache hinwegtäuschen, daß ihre Ehe auseinanderzubrechen drohte. Aller Glanz von „Dallas" hatte ihr letztendlich nicht helfen können.

Mitten in dieser Krise schlug Susans Ehemann und Manager Calvin Chrane eines Tages unerwartet vor, in die Kirche zu gehen, um dort Hilfe zu suchen. Für Susan war dies eine eigenartige Bitte, denn das einzige, was sie mit Gott und dem Christentum verband, waren Weihnachtsbaum und Krippenspiele. Doch dieser Kirchenbesuch sollte zum entscheidenden Wende-punkt für die beiden gebürtigen Texaner werden. Zum ersten Mal verspürten sie tatsächlich, wie Gottes Liebe ein ganzes Leben verwandeln kann.

Zunächst änderte sich an Susans Schauspielkarriere nicht viel. Sie hatte keine Bedenken, die Rolle der Donna, einer der „guten" Personen der Dallas-Serie, weiter zu verkörpern. Doch das hielt nicht lange an. Laut Drehbuch sollte Donna ihr ungeborenes mongoloides Kind abtreiben lassen, wogegen Susan entschieden Stellung bezog.

Nach neun Jahren Mitarbeit bei „Dallas" nahm das Leben der Schauspielerin eine andere Richtung. Sie wurde eine beliebte Sprecherin auf christlichen Veranstaltungen und moderierte sogar eine christliche Talk-Show im Fernsehen mit.

In ihrem neuesten Film „Come the Morning" von World Wide Pictures stellt Susan genau das Gegenteil von Reichtum und Intrigen dar, wofür „Dallas" bekannt wurde. Hier spielt sie die Rolle einer Mutter, die mit ihren drei Kindern in Armut lebt und heimatlos durchs Land zieht.

Susan, Sie sind bekannt als engagierte Christin. War das immer so – wurden Sie eigentlich christlich erzogen?
Meine Mutter war der geistliche Mittelpunkt unserer Familie. Wir besuchten damals eine Baptistengemeinde, in der ich aber noch keine persönliche Erfahrung mit Jesus Chistus machte. Ich konnte aber viele Bibelverse auswendig, die ich in einem Ferienbibelkurs gelernt hatte. Getauft wurde ich dann mit neun Jahren, nicht weil ich die Taufhandlung verstand, sondern aus anerzogener Furcht vor Gott und der Angst, in die Hölle verdammt zu werden.

Wäre ich damals gefragt worden, ob ich Christ sei, ich hätte sicher mit „ja" geantwortet; aber auf die Frage, ob ich wüßte, was nach dem Tode mit mir geschieht, hätte ich gestehen müssen: „Ich weiß es nicht!" Mein

Glaube stützte sich auf mein eigenes Bemühen, gut zu sein, statt Gott zu vertrauen und zu glauben, daß Jesus meine Erlösung ist.

Was bedeutet für Sie Hollywood und der Beginn Ihrer Karriere?

Ich war ungemein stolz, egoistisch und unersättlich, aber dabei doch schwach und voller Neid und Eifersucht! Ich habe den Eindruck erweckt, all das zu verkörpern, was notwendig ist, um im Showgeschäft erfolgreich zu sein.

Allerdings – und das war eigentlich eine Folge meiner christlichen Erziehung – habe ich bewußt niemanden übergangen oder meine Ellenbogen gebraucht, um vorwärtszukommen. Die Dreharbeiten für die Fernsehserie „Petrocelli" waren eine unglaubich aufregende Zeit für mich. Trotzdem – ich war unglücklicher als jemals zuvor; und das ohne eigentlich zu wissen warum. „Petrocelli" war eine sehr erfolgreiche Serie, und ich erhielt sogar einige Auszeichnungen. Wir hatten Geld und alles, was wir brauchten, einfach alles, was einem das Gefühl gibt, anerkannt und geschätzt zu sein. Wir hatten viele Bekannte, aber leider keine echten Freunde.

Trotzdem war ich unzufrieden mit meiner Situation. Ich mochte mich selbst nicht, so wie ich in meiner Fersehrolle erschien. Was ich in meinem Gesicht wahrnahm, waren die Spuren des Showgeschäftes – die Kamera kann man nicht belügen! Egal, wie viele Filter oder welche Aufnahmetechnik verwendet wird: Das Innere des Menschen wird sichtbar durch seine Augen, die Stimme, durch Reaktionen, ja sogar durch die Haut. Dadurch wurde mir sehr deutlich aufgezeigt, wo meine Prioritäten lagen.

Dann begannen Ihre Eheprobleme?

Ja. Es kam zwar nie soweit, daß einer von uns weggegangen ist, dafür brauchten wir uns zu sehr – aber gefühlsmäßig waren wir ganz unten gelandet. Man muß wahrscheinlich ganz unten sein, um wieder aufsehen zu können in solch einer Lage! Eines Tages sagte mein Mann plötzlich zu mir: „Ich halte das einfach nicht mehr aus. Ich kann für uns nichts mehr tun – laß uns zur Kirche gehen!"

Wie haben Sie auf diese Bitte reagiert?

Ich dachte, was ist denn jetzt los? An unseren letzten Kirchenbesuch konnte ich mich schon gar nicht mehr erinnern. Vorurteile hatte ich zwar keine, aber ich war ängstlich und verunsichert. Immer meinte ich, ich müßte schon etwas sehr Schlimmes getan haben, bevor jemand mich zur Kirche mitnimmt.

Aber trotzdem – ich bin mit meinem Mann gegangen und weinte während des ganzen Gottesdienstes. Zum ersten Mal hörte ich klar das Wort Gottes und spürte, wie ich an Geist und Seele gereinigt wurde. Ich hörte, was ich dringend brauchte: von der Kraft Christi, um Depressionen und Zweifel abzubauen und meinen schwachen Glauben zu stärken.

War Ihr Mann eigentlich genauso betroffen von diesem Gottesdienst?

Ja, das muß ich sagen: Calvin war schon immer empfänglich für geistliche Dinge gewesen. Und ich glaube, daß Gott lange vorher in seinem Leben zu wirken begonnen hatte und auch schon in ihm war – was ich von mir nicht sagen konnte.

Wie wirkte sich nun Ihr Glaube auf Ihre Karriere aus?

Wir begannen, Gott zu fragen, was wir tun sollten. Zwar waren wir noch junge Christen, wußten aber durch das Lesen der Bibel und Gebet, daß Gott einen Plan für uns hat, dem wir folgen sollten.

Möglicherweise, so dachten wir, möchte Gott, daß wir als Missionare nach China gehen. Wir waren uns darüber nicht sicher, aber doch sehr offen. Ich fühlte mich total neu und gereinigt und war ganz angefüllt mit der Liebe Christi. Plötzlich bedeutete es gar nicht mehr so viel, in Los Angeles zu bleiben, und ich lehnte sogar mehrere Rollenangebote ab. Ich hatte ja nun etwas ganz Neues, etwas ganz Besonderes entdeckt und erfahren.

Wie kam es eigentlich dazu, daß Ihre Rolle als Donna in „Dallas" so wichtig für diese Serie wurde?

Anfangs waren Donna und ihr Mann Ray ziemlich unbedeutend. Sie verkörperten sozusagen das Gute an „Dallas", dieser Serie mit so vielen verdrehten Charakteren. Eigentlich war die Rolle anfangs recht uninteressant, und deshalb ließ man uns wohl für hohe moralische Maßstäbe und verständnisvolles Miteinander einstehen. Wir waren einfach Freunde für Leute, die in Schwierigkeiten geraten waren. Die Produzenten dachten, daß unsere Rollen weitgehend unbemerkt und nebensächlich blieben. Aber dann gab es Zuschauerpost mit der Frage, warum wir als einziges Paar in der Serie noch kein Kind hätten. Wir wären doch schließlich das Paar, das am meisten über Familienleben Bescheid wüßte.

Die „Dallas"-Autoren wollten uns allerdings kein Kind zugestehen, um die Aufmerksamkeit nicht von den anderen Kindern der Sendung abzulenken. Deshalb entwickelten sie ein Drehbuch, in dem Donna ein mongoloides Kind erwartet. Die Autoren dachten, es sei nur logisch, ein krankes oder abnormales Kind auf jeden Fall abzutreiben.

Wurden Sie denn vorher darauf hingewiesen, daß Sie als Donna abtreiben sollten?
Nein. Ich wurde überhaupt nicht vorgewarnt und hörte davon erst auf einem Empfang. Jemand sagte: „Wir haben entschieden, daß Donna ein mongoloides Kind erwartet und es deshalb abtreibt."

Ich war furchtbar ärgerlich. Mein Mann stand bei mir und brachte mich sofort in einen anderen Raum. „Jetzt ist es nicht an der Zeit, diese Frage zu diskutieren!" beruhigte er mich. Ich danke Gott für sein entschiedenes Handeln, denn ich war so wütend, daß nicht viel gefehlt hätte, und ich wäre tätlich geworden. Die Natur des Menschen bringt einfach nicht die Gerechtigkeit Gottes hervor! Und es war auch nicht das Gerechtigkeitsgefühl, das mich trieb – es war reiner Ärger.

Zu Hause beteten und fasteten wir und suchten schließlich seelsorgerlichen Rat in unserer Kirche. „O Gott", betete ich, „ich weiß, Du gibst mir keine Last, die ich nicht tragen kann. Und ich weiß, daß Du mich in diese Situation gebracht hast!" Im biblischen Bericht über Esther wird zu ihr gesagt: „Wer weiß, ob du nicht in dieses Königreich gekommen bist für eine Zeit wie diese."

Nun, ich wußte, jetzt ist meine Zeit gekommen, Farbe zu bekennen. Ich rief deshalb bei meinem Produzenten an und teilte ihm mit: „Ich kann meine Rolle nicht weiterspielen! Für mich persönlich ist eine Abtreibung unmöglich, und es widerspricht auch der Filmrolle. Donna hat sich doch immer ein Kind gewünscht."

Drei Wochen später war das Drehbuch noch nicht geändert. Ich blieb hartnäckig: „Wenn Sie wirklich so weitermachen wollen, müssen Sie sich nach einer anderen Besetzung umsehen. Ich werde das so nicht spielen."

Einige Zeit später rief der Produzent an und meinte: „Ich möchte Sie etwas fragen: Wenn Sie jetzt herausfänden, daß Sie mit einem mongoloiden Kind schwanger wären – was würden Sie tun?"

Die Antwort darauf war nicht leicht für mich – und ich möchte sie auch nicht verallgemeinern –, aber mir war bewußt, daß Leben ein Geschenk Gottes ist, und deshalb antwortet ich: „Ich würde das Kind bekommen."

Am anderen Ende der Leitung war es lange still, dann antwortete er: „Donna soll ihr Kind haben."

So wurde das Drehbuch schließlich umgeschrieben. Am Ende hat Donna ihr Baby zwar durch eine Fehlgeburt verloren, aber aus dieser Sache heraus entwickelte sich eine bewegende Geschichte: Wir brachten mongoloide, körperbehinderte, blinde und stumme Kinder in die Sendung.

Der Sender hat noch nie soviel Post wie zu diesem Zeitpunkt bekommen. – Ich erhielt einige Auszeichnungen für meine Darstellung als werdende Mutter mit einem mongoliden Kind. Dies alles ist aber nur eine Folge dessen, was Gott gewirkt hat, und davon, daß ich meinen Glauben offen bekannt habe.

Ein Ex-Guru berichtet
über die New-Age-Bewegung

Katrin Ledermann

„Ich hatte Gott versprochen, wenn Er mich aus dieser lebensbedrohenden Knechtschaft befreite, dann wollte ich meine ganze Kraft dafür einsetzen, andere Menschen vor den Gefahren der New-Age-Philosophie zu warnen."

Obwohl Katrin Ledermann in den neun Jahren seit diesem Gebet erkannt hat, daß Gott nicht aufgrund eines „Leistungsversprechens" Erlösung schenkt, sondern allein aus Gnade, verwendet sie heute viel Zeit darauf, über die Hintergründe der New-Age-Bewegung aus biblischer Sicht zu informieren.

Die Prinzipien des New Age, erklärt Katrin, hören sich oft ganz ähnlich an wie die des traditionellen Christentums. Auch die Parapsychologie legt heute großen Nachdruck auf ein starkes Selbstbewußtsein und eine positive innere Einstellung. Oberflächlich betrachtet scheinen ihre Lehren harmlos, ja sogar hilfreich zu sein. Der Neuling kann jedoch nicht wissen, was für gefährliche Klippen sich vor ihm verbergen. Katrin erzählt, wie ihre Neugier sie allmählich immer tiefer in Mystizismus und Meditation hineinführte.

Sie verstrickte sich schließlich so weit darin, daß sie sogar Erfahrungen machte, die ihr den Eindruck vermittelten, den eigenen Körper verlassen zu haben. Und auch sie selbst machte andere Menschen mit solchen Praktiken vertraut. Erst Jahre später, als sie bereits tief in ein globales Netzwerk des „Neuen Denkens" verstrickt war, wurde ihr plötzlich bewußt, daß sie hoffnungslos in der Falle saß, kontrolliert und manipuliert von bösen Geistern. Die Sehnsucht stieg in ihr auf, wieder normal sein und sich einfach freuen zu können, ohne ständig von außen beherrscht zu werden.

Im Jahr 1980 faßte sie den Entschluß „auszusteigen". Aber: Drei lange Jahre dauerte der Kampf, denn die „New-Age-Mächte" wollten die junge Frau nicht loslassen, sondern drohten, sie umzubringen. Zum Schluß setzten die bösen Geister sogar ein Datum fest, an dem sie sterben sollte. In ihrer Not schrie Katrin zu Gott. Im gemeinsamen Gebet mit einer Christin begegnete ihr Jesus Christus in einer unbeschreiblich eindrücklichen Art und vermittelte ihr das Empfinden: „Du bist nun frei und unter meinem Schutz." Heute ist sie eine strahlende Christin, die dem Betrug der New-Age-Bewegung das Evangelium entgegensetzt, unter anderem durch verschiedene eigene Publikationen.

Wir leben in einer Zeit, die von Streß geprägt ist. Viele neue Arten von Hilfe werden dem Menschen angeboten, wie z. B. Yoga, Psychotraining und ähnliches, die ihm helfen sollen, damit fertig zu werden. Was halten Sie davon?

Die Überbetonung des Materiellen, Sichtbaren hat zu einer Religions- und Gottferne geführt, die der Mensch oft als innere Leere empfindet. Und diese Leere sucht er nun zu füllen, indem er „Gott" oder „sich selbst" sucht. Der moderne Mensch – und ganz besonders die Frau – sehnt sich nach dem unsichtbaren „Du", nach dem Göttlichen oder der Transzendenz, wie man dies heute nennt.

Sie selbst waren ja eine sogenannte Karrierefrau im materiellen Bereich. Sprechen Sie aus Erfahrung, wenn Sie von dieser Sehnsucht nach dem Göttlichen reden?

O ja! Ich hatte etwa in meinem 28. Lebensjahr eine tiefe Sinnkrise. Ich arbeitete von morgens bis abends recht hart, wobei von mir ein sehr rationales Denken verlangt wurde. Schließlich mußte ich ja mit den männlichen Kollegen Schritt halten! Dabei kam aber mein weibliches, intuitives Empfinden viel zu kurz ... Der Materialismus hatte mich sozusagen voll im Griff! Das machte mich innerlich leer, ich war mir selbst entfremdet und suchte nach einem Ausweg.

Was haben Sie in dieser Situation konkret unternommen?

Schon als Teenager hatte ich Kontakt zu einer spirituellen, geistigen Welt. Ein Vorgesetzter am damaligen Arbeitsplatz weihte mich in die Geheimnisse fernöstlicher Philosophie ein, etwas, das mich brennend interessierte. Es war ganz anders als die langweilige Predigt in der Kirche. So machte ich bald erste Erfahrungen mit der „Transzendenz", der unsichtbaren Welt. Und diese Erlebnisse drängten sich mir jetzt wieder in die Erinnerung, während ich als junge Ehefrau in dieser stressigen Karrieresituation stand. Durch Yoga fand ich in meine frühere Beziehung zum Unsichtbaren zurück. Yoga war also der Einstieg in eine neue Art Religiosität, die sich auch in meinem Körper bemerkbar machte.

Ist denn Yoga immer auch ein geistiger Einstieg in diese Art neuer Religion und somit im biblischen Sinn gefährlich?

Yoga kann recht harmlos sein. Viele Yogaübende wehren sich sehr dagegen, es als gefährlich im biblischen Sinn zu betrachten. Tatsächlich kann man gewisse Yogaübungen als reine körperliche Entspannung oder Ertüchtigung ausführen. Man kann dann aber ebensogut einfach Gymnastik bzw. Körperübungen machen! Denn der tiefe Sinn des Yoga ist ein „Anjochen an das Unendliche". Wenn ein Yoga-Unterrichtender den philosophischen Überbau der Körperübungen wegläßt, ist der Name Yoga eigentlich gar nicht mehr berechtigt. Schlußfolgerung: Wer nur nach Entspannung sucht, braucht kein Yoga, sondern Entspannungsübungen. Wer dagegen ins „echte" Yoga einsteigt, wird mit ziemlicher Sicherheit auch an dies „Unendliche" oder Transzendente „angekoppelt". Und damit ist Yoga ein ganz anderer Weg, als die Bibel ihn uns zeigt. Das, was ich damals suchte, gerade auch im Yoga, war eigentlich die Wahrheit!

Suchten Sie denn nie in der Bibel danach?

Als moderne junge Frau wäre ich niemals darauf gekommen, daß die Wahrheit in einem einzigen handlichen Buch, der Bibel, zusammengefaßt sein könnte. Schließlich hatte das Christentum während fast 2000 Jahren offensichtlich keinen Frieden gebracht und die Evolution auch nicht maßgeblich vorangetrieben. So konnte es sicher nicht ausgerechnet jetzt, da es um die große Wende zum Wassermannzeitalter ging, den Weg markieren. Vielmehr mußte man eine neue Bibel schreiben und endlich mal mit dem alten kirchlichen Getue aufhören!

Wie fanden Sie denn schlußendlich doch noch den Zugang zur Wahrheit der Bibel?

Oh, das geschah nicht freiwillig. Ich war genau 30, als ich meinen guten Posten kündigte und nun mit demselben Engagement zu einer Art „modernem Guru" wurde. Ich hatte 1975 eine Erleuchtung erlebt, die meiner Sinnkrise ein Ende bereitete. Von jetzt an hatte ich Hoffnung! Dies Erleben krempelte mich derart um, daß ich nur noch ein Ziel hatte: zur Errettung unseres Planeten Erde und seiner Bewohner durch Erneuerung des Bewußtseins beizutragen, die Menschen guten Willens für den vermeintlich bevorstehenden Evolutionssprung vorzubereiten; kurz: sie nach meiner Sicht ins Licht des wahren Gottes zu führen.

Ich stieg als Partnerin in ein Verlags- und Seminarunternehmen ein, das auf dem Korrespondenzweg Menschen zur Transformation verhalf. Diese Arbeit lag mir – und obwohl ich aus dem Unternehmen binnen eines Jahres wieder ausstieg (wechselhaftes Leben liegt im Trend des New Age), kannte ich bereits so viele Menschen und Netzwerkorganisationen, daß ich nun allein weiterarbeiten konnte. Ich tat dies ungefähr fünf Jahre lang.

Wie fühlten Sie sich in dieser Zeit?
Obwohl ich nach außen vorgab, die stets glückliche „Erleuchtete" zu sein, war ich im Innern oft sehr unglücklich, bisweilen hatte ich sogar tiefe Depressionen. Mein kritischer Verstand hatte Mühe, damit fertig zu werden; sollte ich nicht eigentlich eine immer bessere Gemütslage durch meine meditativen Übungen erhalten? Wenn das „neue Bewußtsein" wirklich ganzheitlich wirken und rettend in alle Lebenslagen eingreifen sollte, warum war ich dann immer häufiger so schrecklich deprimiert?

1980 hatte ich genug davon; ich wollte aus dem ganzen New-Age-Denken aussteigen, neue Weltordnung hin, neues Bewußtsein her! Ich wollte zurück, einfach wieder als Sekretärin arbeiten und mein Leben organisieren – wenn es sein mußte, auch nach der „alten Ordnung". Wie erschrak ich, als ich merkte, daß das nicht ging. Ich war zu einer Aussteigerin geworden, die man nicht aussteigen ließ.

Heißt das, daß man Sie hinderte, Ihre Lebensweise zu ändern?
Durch Yoga und viele weiterführende Meditationen hatte ich meinen Verstand passiv gemacht und ihn für unsichtbare Mächte geöffnet, die ihn nun gebrauchten und manipulierten. Als sich mein durch meine frühere Karriere geschärfter Verstand entschieden dagegen wehrte, merkte ich, daß jemand anders die Kontrolle über meine Gefühle und meinen Willen übernommen hatte, daß ich einfach nicht mehr machen konnte, was mir logisch und gut erschien. Unsichtbare Mächte, wie sie die Bibel zum Beispiel in Epheser 6,12 schildert, hatten mich zu einer geistlichen Marionette gemacht.

Das muß eine schreckliche Entdeckung für Sie gewesen sein! Wie konnten Sie sich da helfen?
Nun, zuerst einmal gar nicht. Ich erkannte nur, daß ich verloren war, ausgeliefert an Mächte, die weder gut noch rücksichtsvoll, sondern extrem grausam waren. In dieser Zeit betete ich verzweifelt zu Gott. Und – Er griff ein! Ich begegnete einer Christin, die mir von Jesus erzählte und mir auf langen Wegen des Gespräches deutlich machte, daß die Wahrheit in der Bibel zu finden ist. So wurde ich zu einer wirklichen Befreiung durch Jesus Christus geführt. Erst durch die leidvolle Erfahrung meines Irrtums wurde ich bereit, die einfache Wahrheit der Bibel anzunehmen.

Wie hat denn Ihr Mann Sie in all den Ehejahren erlebt und begleitet?
Nun, er ist seit 18 Jahren mit derselben Frau verheiratet, und doch eigentlich schon mit der dritten ... Er lernte mich als schüchternes 16jähriges Mädchen kennen, das eine kaufmännische Lehre durchlief. Als wir heirateten, war ich 24, hatte bereits meine Meisterprüfung abgeschlossen und eine berufliche Stellung auf der Sonnenseite des wirtschaftlichen Lebens gefunden. Er heiratete somit eine Frau mit Karriereabsichten – entschlossen, emanzipiert, einen rassigen Sportwagen fahrend. Das war „seine erste Frau".

Dann wurde ich, wie vorhin schon erzählt, zu einer „Erleuchteten", die eine esoterische Lebensweise verwirklichen wollte – mit allem, was man heute unter dem Begriff New Age versteht. Somit war „seine zweite Frau" eine Art weiblicher Korrespondenz-Guru.

Und heute ist Ihr Mann mit einer überzeugten Christin verheiratet. Wie gefällt ihm das?
Oh, weitaus am besten! Tatsächlich, die Veränderung, die ich nach meinem Ausstieg aus dem sogenannten neuen Bewußtsein und meiner klaren Hinwendung zu Jesus Christus erfuhr, war wohl die auffallendste von allen ... mein Mann war somit ab 1983 mit der „dritten Frau" verheiratet. Er selbst entschied sich ebenfalls 1983 klar für ein Leben mit Gott. Jetzt ist eine große Ruhe und Beständigkeit in unser Leben eingetreten. Unser Lebensschiff hat wieder klaren Kurs! Großartig ist dabei, daß jeder für sich vorangehen und auf Gott schauen kann, wir also echt als Individuen leben können und uns doch immer in dieselbe Richtung bewegen. Wir können uns loslassen und verlieren uns doch nie! Unser heutiges Eheleben ist mit keiner anderen Phase vergleichbar; wir sind nicht mehr verliebt wie junge Leute, lieben uns aber dafür anhaltend, auch in alltäglichen Situationen. Und – wenn wir aufeinander sauer sind, vergeben wir uns bald wieder ...

Mein Weg
vom Islam über die Drogenszene zu Christus

Leyla Degler

Leyla Degler ist Tochter einer türkischen Familie der oberen Mittelschicht. Sie ist in München geboren und aufgewachsen. Ihre Eltern lehrten sie, stolz auf ihre Herkunft und ihre intellektuelle Prägung zu sein. Doch Leyla lehnte die ihr überlieferten Werte und den Lebensstil ihrer Familie ab.

„Ich war zwar Muslimin, aber ich glaubte weder an Allah noch an sonst ein höheres Wesen. Für mich war Religion nur ‚Opium fürs Volk‘, und Gott war nicht die Antwort auf irgendeine meiner Lebensfragen."

Mit 20 zog sie zu ihrem Freund Theo, einem Jazzpianisten, und damit begann für sie ein Leben mit Drogen und Drogenhandel. Diese Beziehung begann jedoch bald zu zerbröckeln.

„Wer Drogen nimmt, sieht seine Umwelt nicht mehr realistisch. Wir stritten uns wegen jeder Kleinigkeit. Trotzdem heirateten wir nach zwei Jahren des Zusammenlebens und setzten unsere Hoffnung auf die Ehe – aber unsere Konflikte verschlimmerten sich nur."

Nach neun Monaten Ehe sagte Leyla zu Theo, daß sich irgend etwas radikal ändern müsse.

Leyla: Wir stritten uns wieder einmal, und ich sagte zu ihm: „Als du damals von deiner USA-Reise zurückkamst, sprachst du immer von Jesus und von Gott. Warum bittest du Gott nicht, uns zu helfen?" Auf diese Fragen wußte er keine Antwort, und ich wurde wütend: „Wenn ich Kommunistin wäre, stünde ‚Das Kapital‘ von Marx in meinem Bücherschrank. Du behauptest, Christ zu sein, und hast nicht einmal eine Bibel!"

„Warum kaufst du mir dann keine?" gab er mir zurück. „O.K." – Ich kaufte Theo also eine Bibel, worüber er sehr erfreut war. Sofort setzte er sich in die Küche und begann, das Matthäus-Evangelium zu lesen. Er verstand jedoch nichts. Aber Gottes Erbarmen ist so groß! Er ließ es zu, daß Theo nichts begriff, und erschloß dafür mir das Verständnis, währenddessen wir über das, was wir lasen, zusammen diskutierten. Das war doch erstaunlich!

Was geschah dann?
Zwei Wochen lang las Theo die Bibel, und ich erklärte sie ihm. Eines Nachts kam er zu Matthäus 7,7: „Bittet, und ihr werdet finden; klopft an, und es wird euch aufgetan." – Ich mußte kurz hinausgehen, und als ich zurückkam, war er nicht mehr in der Küche und auch nicht im Wohnzimmer. So ging ich ins Schlafzimmer. Da fand ich ihn, am Boden kniend, währed er Jesus bat, in sein Leben zu kommen.

Was haben Sie in dieser Situation empfunden?
Ich fühlte mich unter Druck gesetzt. Zwar hatte ich ihm diese Bibel gekauft, aber ich hatte nicht ernstlich gewollt, daß er ein echter Christ werden würde. Je deutlicher mir bewußt wurde, daß auch ich eine Entscheidung treffen müßte, desto negativer sprach ich über Gott und die Bibel. Theo war verletzt, aber er sagte nichts.

Und wie kam es zu Ihrer Veränderung?
Theo lernte schließlich andere Christen kennen. Sie bemerkten, daß ich immer rebellischer wurde, und beteten für uns.

Was geschah mit Theo? Bevor er Sie kennenlernte, behauptete er doch, an Gott zu glauben, und das änderte weder seinen Lebensstil noch seinen Drogenkonsum. Was war anders, nachdem er sein Leben Gott übergeben hatte?
Theo wurde wieder ein glücklicher Mensch und hörte auf, Drogen zu nehmen. Früher war er eine lustige und fröhliche Persönlichkeit gewesen, aber durch den Drogenkonsum war er depressiv geworden. Manchmal mußte ich sogar fürchten, daß er Selbstmord begehen würde. Aber nachdem er Jesus in sein Leben aufgenommen hatte, machte Jesus ihn total frei. Theo strahlte geradezu. Innerhalb weniger Wochen gelangte er aus der Dunkelheit zum Licht. Das beeindruckte mich natürlich.

Und wann fiel Ihre Entscheidung?
Das war drei Monate später. Wir saßen wieder einmal in der Küche. Theo las eine Stelle aus der Offfenbarung vor, als ich plötzlich begriff, daß diese Welt verloren war. Politisch gab es keine Hoffnung für die Zukunft dieser Welt. Ich erkannte, daß auch ich selbst auf der Verliererseite war. Da sagte ich zu Theo: „Ich denke, ich muß mich für Gott entscheiden."

Was änderte sich dadurch?
Zunächst geschah gar nichts. Theo hatte solch eine überwältigende Begegnung mit Gott erlebt – und bei mir geschah rein äußerlich gar nichts! Ich stand auf und wollte aus dem Zimmer gehen, aber dann überlegte ich: Vielleicht habe ich ja irgendwie falsch gebetet. So setzte ich mich wieder hin und betete: „Gott, bis jetzt habe ich Dich immer abgelehnt, aber von nun an will ich sagen, daß es einen Gott gibt. Ich weiß nicht, ob Jesus der wahre Weg ist – oder vielleicht Mohammed –, aber Du kannst mir das zeigen." Das war eigentlich alles.

Als ich nachher die Tür öffnete, sah ich Theos Freund, den ich nicht mehr sehen wollte. Aber in diesem Augenblick erfüllte mich solch eine unerklärliche Liebe zu ihm, daß ich sagte: „Wenn du Hunger hast, komm in die Küche und nimm dir etwas zu essen." In diesem Moment wußte ich, daß eine Veränderung in mir vorgegangen war. Ich ging zu Theo und sagte ganz einfach: „Nun bin ich auch ein Christ."

Wenige Tage später wollten Sie Ihren Glauben an Gott schon wieder aufgeben. Was war daran schuld?
Ich begriff, daß ich mich Gott und Jesus unterordnen mußte, aber ich war eine sehr stolze Frau. Türkische Familien erziehen ihre Kinder dazu, stolz zu sein. Vor allem mein Vater wünschte, daß ich eine selbstbewußte und gebildete Frau sein sollte. Ich mußte an der Universität studieren und Akademikerin werden.

Außerdem hatte ich Schwierigkeiten mit der Belehrung einiger liebevoller Christen, daß ich mich nicht nur Jesus, sondern auch meinem Ehemann unterordnen müsse. Das ging mir einfach zu weit.

Und wie kam das in Ordnung?
Nun, zuerst brachte Gott uns von den Drogen weg. Theo fing an, Klavierstunden zu geben, und ich studierte wieder. Gott führte uns in eine lebendige Gemeinde, und auch unser Freundeskreis wechselte. Unser ganzes Milieu änderte sich – aber nicht unsere Ehe. Wir hatte noch immer unsere Probleme. Je mehr ich gegen meinen Mann rebellierte, desto schlimmer wurde alles. Endlich sagte ich zu Gott: „Ich habe keine Antwort mehr. Ich weiß nicht mehr, was ich tun soll. Nun werde ich es auf Deine Weise versuchen."

Was hat Gott Ihnen dann in bezug auf Unterordnung gesagt?
Über die Jahre hinweg hat Gott uns beiden gezeigt, daß Unterordnung nicht vom Ehemann erzwungen werden kann. Die Frau muß es selbst wollen. Es ist ein Entschluß, den ich zu fassen habe, genauso wie mein Mann sich entschließen muß, mich zu lieben. Unterordnung ist eine Haltung des Respekts für meinen Mann, indem ich ihn annehme als Gewinn für mich und seine Verantwortung vor Gott anerkenne.

Unterordnung bedeutet natürlich nicht, daß man zu allem ja sagen muß. Manchmal werde ich als Frau ja sagen, weil ich weiß, daß er das Richtige tut. Aber dann kann auch eine Situation kommen, wo ich sagen muß: „Nein, so kann ich das nicht sehen. Das kann ich nicht bejahen." Und dann müssen wir zusammen darüber sprechen. Wir sind ja Partner. Ehe ist Partnerschaft, und Parnerschaft gründet sich auf Liebe und Achtung. Die Grundhaltung ist, daß wir alles, was der Partner zu sagen hat, ernst nehmen. Wenn ich irgendwo ein Problem habe, ist es für mich wichtig, zu wissen, daß Theo mich ernst nimmt.

Wenn wir beide ein Problem haben, kommen Theo und ich zusammen, um es – immer in Liebe – miteinander zu besprechen.

Und Ihr Mann hört Ihnen zu?
Ja, natürlich!

Er verlangt also nicht, daß Sie einfach nachgeben und seine Position einnehmen?
Theo sagt: „Ich kann das nicht verlangen, weil Gott mich nicht beauftragt hat, von dir Unterordnung zu fordern. Gott hat zu den Frauen gesagt, daß sie sich unterordnen sollen ... (Epheserbrief 5,22.) Gott sagt nirgends: ‚Männer, zwingt eure Frauen zur Unterordnung.'" Genauso kann ich von meinem Mann nicht Liebe fordern, denn in der Bibel heißt es: „Ehemänner, liebt eure Frauen." (Epheserbrief 5,25.) Gott sagt aber, daß es für ihn am besten wäre, mich zu lieben.

Leyla, was haben Sie Ihren Eltern gesagt, als Sie Christin geworden sind?
Zuerst wagte ich nicht, es ihnen zu sagen: Ich schämte mich ganz einfach. In der Türkei gilt es als das Schlimmste, Christ zu werden. Man ist verachteter als ein Schwein.

Es verging ein Jahr, und dann begannen wir, uns eine kirchliche Trauung zu wünschen. Wir hatten vorher nur standesamtlich geheiratet, aber nun wünschten wir uns Gottes Segen für unsere Ehe.

Eine sehr liebe Freundin rief mich in der Nacht vor unserer Trauung um Mitternacht an und fragte mich, ob meine Eltern dabeisein würden. Ich antwortete: „Nein, sie wissen nicht einmal, daß wir uns trauen lassen."

„Was sagst du da? Sie haben keine Ahnung von eurer kirchlichen Trauung morgen früh?"

„Nein, sie wissen nicht einmal, daß ich Christin geworden bin. Ich habe Angst, es ihnen zu sagen."

„Leyla, dies kann Gott nicht segnen. Du mußt es deinen Eltern sagen. Irgendwann werden sie es erfahren, und das wird für sie schlimmer sein, als wenn du es ihnen selbst sagst."

Noch in derselben Nacht rief ich meine Mutter an und sagte: „Morgen seid ihr zu unserer kirchlichen Trauung eingeladen."

„Was!" – „Ja, ich bin Christin geworden, und morgen haben wir unsere kirchliche Trauung."

„Ich will es gleich Vater sagen, aber ich hoffe nur, du erwartest nicht, daß wir wirklich kommen."

Und natürlich kamen sie nicht.

Wie reagierten Ihre Eltern in der Folge auf diese Neuigkeit?
Es war wirklich ein großer Schock für meine Eltern. Mein Vater sagte, er wolle mich nie wieder sehen. Meiner Mutter stellte er frei, zu tun, was sie wolle. Neun Monate lang hatten wir keinen Kontakt zu meinem Vater, und auch meine Mutter war sehr kühl und distanziert.

Was haben Sie dabei empfunden?
Zum ersten Mal empfand ich Schmerz darüber, daß unsere Beziehung nicht gut war.

Und wie ist das anders geworden?
Das war wirklich ein Wunder. Neun Monate später besuchte ich eines Nachmittags meine Mutter, als sie gerade einen Anruf von Vater bekam. Sie sagte ihm, daß ich da wäre.

Für gewöhnlich macht mein Vater nach der Arbeit einen zweistündigen Spaziergang, aber diesmal nahm er den Bus und kam 30 Minuten später nach Hause. Ich war erschrocken, denn niemals unterläßt mein Vater seinen Spaziergang. Er wollte mich offensichtlich antreffen! Neun Monate lang hatte er mich nicht mehr gesehen, und ich war doch seine geliebte Tochter. Beim Abendessen sagte er mir, ich dürfe ihn wieder besuchen, aber allein. Ich antwortete ihm, daß ich allein nicht kommen könnte.

Warum mochten Ihre Eltern Theo nicht?
Sie glaubten ganz einfach, daß er mich gezwungen hätte, Christin zu werden, und daß ich das mitgemacht hätte, um ihn nicht zu verlieren. Als Eltern

und echte Muslime konnten sie sich keinen anderen Grund vorstellen.
Aber wie kam es dann, daß sie Theo schließlich doch akzeptierten?
Die nächsten drei Monate war Theo eigentlich immer beschäftigt, wenn ich meine Eltern besuchen wollte. So ging ich eben alleine hin. Aber eines Abends hatte auch Theo Zeit, und wir gingen zusammen.
Wie empfing ihn Ihr Vater?
Er war sehr kühl. Aber sie redeten miteinander.
Hat sich die Beziehung seither verändert?
Als sich unsere finanzielle Lage gebessert hatte, machten wir zum erstenmal Urlaub und besuchten meine Eltern in der Türkei. Sie waren gerade dorthin übergesiedelt, und es gab viele notwendige Reparaturen in ihrem Haus. Theo ist sehr geschickt und arbeitet gerne handwerklich. Meine Mutter war sehr froh darüber, daß er vieles reparieren konnte, und dies brach das Eis. Zudem konnte mein Vater beobachten, daß Theo mich wirklich liebt und daß auch ich ihn liebe. Es brauchte aber Jahre, ehe die Vorurteile meiner Eltern gegen Theo verschwanden, aber heute nach zehn Jahren ist alles vergessen.
Wie verhalten sich Ihre Eltern nun ihm gegenüber?
Sie lieben ihn! Wir verbringen sogar unseren Sommerurlaub zusammen.
Und wie stehen Ihre Eltern jetzt zu Ihrem Christsein?
Heute sprechen wir ganz offen darüber. Wenn wir meine Eltern zum Essen einladen, beten wir unser Tischgebet. Wenn sie uns zu sich einladen, bitten sie uns, das Tischgebet zu sprechen. Wir sagen ihnen, daß Jesus der Dritte in unserem Bunde ist. Einmal hatten meine Eltern selbst Probleme, und sie baten uns, für sie zu beten.
In Deutschland und auch anderen europäischen Ländern gibt es Millionen von Moslems. Was sollten wir wissen, wenn wir sie erreichen wollen?
Zunächst sollte man sie sehr ernst nehmen bezüglich ihres Glaubens. Weiter muß man beachten, daß türkische Gastfreundschaft auf dem Islam basiert. Die Religion fordert Gastfreundschaft. Wenn man die Türken wirklich erreichen will, muß man gastfreundlich sein.

Wenn wir ihnen unsere Hilfe anbieten, muß Jesus in uns sichtbar sein. Unser Christentum ist nur leere Theorie, wenn wir über christliche Werte sprechen und sie nicht verwirklichen. Wenn man Moslems wirklich erreichen will, muß man sein Leben völlig einsetzen. Sonst sollte man besser gar nicht damit anfangen.
Kann denn eine deutsche Familie einfach eine türkische Familie einladen, oder gibt es da Kontaktprobleme?
Hier in Deutschland haben wir ein ganz falsches Bild von der türkischen Gesellschaft. In türkischen Städten unterscheidet sich eigentlich nichts von dem Leben hier.

Auch türkische Familien wollen nicht isoliert sein. Wie wir suchen sie Kontakt und Freunde. Wichtig ist, daß wir sie zuerst als Muslime akzeptieren. Lassen wir sie sehen, daß es in unserem Leben etwas Besonderes gibt, daß etwas anders ist, bevor wir anfangen, über Jesus zu sprechen.

Vielleicht kann man nach dem dritten oder vierten Treffen über Jesus reden. Es wäre aber nicht weise, ihnen gleich zu sagen, daß sie Jesus brauchen, weil Mohamed ein Irrlehrer war.

Man sollte ihnen weder Alkohol noch Schweinefleisch servieren und ihnen dies auch gleich zu Beginn der Mahlzeit sagen. Damit zeigen wir ihnen, daß wir sie als Gäste ehren und ihre Tradition achten.
Bevor Sie Christ geworden sind, war Ihre Ehe am Zerbrechen. Nun sind Sie beide seit elf Jahren Christen. Wie steht es heute um Ihre Ehe?
Ich habe lange darüber nachgedacht, wie sich unsere Ehe verbesserte. Es geschah nicht plötzlich, vielmehr begann eine allmählich Wandlung. Je mehr Gott uns veränderte, desto besser wurde unsere Ehe. Die Bibel sagt: „Verändert eure Sinne …" (Römer 12,2). Das war der Schlüssel, das eigentliche Wunder. Wir änderten uns. Ich gab meinen Stolz auf, und Theo übernahm seine Verantwortung als Ehemann und Priester der Familie. Während dieser Wandlung veränderte sich unsere Beziehung zueinander. Es geschah nicht durch ein einmaliges spektakuläres Ereignis, nein, es forderte beständige, harte Arbeit an uns selbst.

Ich höre mit dem Herzen

Miss Amerika 1995 – Heather Whitestone

Barbara von der Heydt

„Meine Damen und Herren, gestatten Sie, daß ich vorstelle: Die neue Miss Amerika 1995 – Miss Alabama, Heather Whitestone!"

Hochrufe und donnernder Applaus brandeten aus der Menge auf, die sich im Konferenzzentrum von Atlantic City versammelt hatte. Man wollte der jungen Frau seine Reverenz erweisen, die sich mit ihrer bewegenden Ballettdarbietung der Kreuzigung Christi nach Sandi Pattys Lied „Via Dolorosa" in die Herzen der Anwesenden getanzt hatte.

Heather schien verblüfft. Erst als die zweite Siegerin sich zu ihr umdrehte, mit dem Finger auf sie zeigte und mit ihren Lippen deutlich die Worte „Du bist's!" formte, begriff Heather, daß sie die Wahl gewonnen hatte. Heather ist taub. Sie ist die erste körperbehinderte Miss Amerika in der Geschichte dieses Landes.

Genau 20 Jahre zuvor war Heather als Kleinkind von eineinhalb Jahren an einem lebensgefährlichen Fieber erkrankt, das sie beinahe das Leben gekostet hätte. Den Ärzten gelang es nicht, die Ursache festzustellen. Als das Thermometer über 41°C geklettert war, lag Heather mit geballten Fäustchen, krebsrot angelaufen und völlig teilnahmslos da, während ihre Mutter unablässig betend im Zimmer auf und ab ging.

Zwei starke Antibiotika, die ihr als allerletztes Mittel verabreicht wurden, retteten Heather möglicherweise das Leben – jedoch auf Kosten ihres Gehörs. Später erfuhren die Angehörigen, daß das Kind höchstwahrscheinlich innerhalb der nächsten zwölf Stunden gestorben wäre. Wie dankbar waren alle, daß sie anscheinend durch das hohe Fieber keinen Gehirnschaden erlitten hatte. Einige Monate später stellte sich jedoch heraus, daß die Krankheit nicht ohne dauerhafte Folgen geblieben war.

Als Heathers Mutter am Weihnachtstag mit den Vorbereitungen für das Festessen beschäftigt war, ließ sie in der Eile einen Stapel Töpfe fallen. Der Krach war ohrenbetäubend und im ganzen Haus zu hören. Heathers Schwestern fuhren erschreckt hoch, aber Klein-Heather spielte seelenruhig weiter unter dem Weihnachtsbaum. Ihre Mutter, durch das ungewöhnliche Verhalten ihrer Tochter alarmiert, stellte sich hinter das Kind und klatschte laut in die Hände. Heather blickte nicht einmal auf. Die Mutter nahm eine Pfanne und schlug mit einem Löffel darauf. Wieder keine Reaktion. In Tränen aufgelöst, sank die Mutter neben ihrem Kind auf den Boden.

Kurz darauf wurden Heathers Ohren untersucht, und der Verdacht eines schweren beidseitigen Gehörschadens bestätigte sich. Der Arzt erklärte Heathers Mutter, daß die Kleine aufgrund ihrer ausgeprägten Schwerhörigkeit wahrscheinlich kaum sprechen lernen würde, sondern sich mittels Zeichensprache verständigen und eine Sonderschule besuchen müsse. Sie würde die Schule höchstens bis zur dritten Klasse schaffen.

Die Mutter war jedoch nicht gewillt, sich einfach unter ein derart vernichtendes Urteil zu beugen. Sie beschloß, alles daranzusetzen, daß Heather mit ihrer Behinderung fertig werden könne.

Die erste Hürde, die es zu beseitigen galt, war jedoch ihr eigener Groll und ihre Bitterkeit. Daphne war zornig auf die Ärzte, zornig auf sich selbst und am allermeisten zornig auf Gott. Wie konnte er es zulassen, daß ihr unschuldiges Töchterchen ein solches Schicksal zu tragen hatte? In ihrer Verbitterung hörte Daphne sogar auf zu beten.

Eines Abends saß sie – es war bereits nach Mitternacht – noch allein im Wohnzimmer und las. Rein zufällig stieß sie dabei auf einen Zeitungsartikel von Erma Bombeck. Daphne berichtet selbst über dieses Erlebnis in ihrem Buch „Yes, You Can, Heather!" (Verlag Zondervan). In dem Artikel geht es um die jährlich 100 000 Frauen, die ein behindertes Kind zur Welt bringen. Die Geschichte beginnt mit einem Engel, der den Schutzheiligen jedes Kindes, das kurz vor der Geburt steht, in eine Akte einzutragen hat. Der Engel hegt große Zweifel an der göttlichen Entscheidung, einer Mutter ein behindertes Kind zuzumuten. Der Artikel fährt fort:

Aber Gott sagt: „Jawohl, ich kenne eine Frau, die ich mit einem nicht ganz vollkommenen Kind segnen werde. Sie weiß noch nichts von ihrem Glück, aber sie ist wirklich zu beneiden ... Kein Schritt in der Entwicklung ihres Kindes wird für sie ‚normal' sein. Wenn ihr Kind zum ersten Mal ‚Mama' sagt, ist sie Zeuge eines Wunders – und sie weiß es! Wenn sie ihrem blinden Kind

einen Baum oder einen Sonnenuntergang zu schildern versucht, wird sie selber diese Dinge mit ganz anderen Augen betrachten – so, wie nur wenige meine Schöpferwerke wahrnehmen."

„Und was ist mit ihrem Schutzheiligen?" will der Engel wissen, während er den Stift unschlüssig in der Hand hält. Gott lächelt. „Ein Spiegel wird genügen."

Als Daphne den Artikel gelesen hatte, war ihr klar, daß sie nicht nur eine Aufgabe, sondern einen echten Segen von Gott erhalten hatte. Dieses innere Bewußtsein wurde einige Tage später in Worte gekleidet. Gott sprach zu Daphnes Herzen: „Es werden einige schwere Entscheidungen auf dich zukommen. Ich bin immer mit dir gewesen. Auch jetzt bin ich bei dir. Und ich werde in Zukunft da sein, um dir zu helfen und dich Schritt für Schritt zu führen. Du mußt mir nur vertrauen."

Heather lernte auf einer besonderen Schule, von den Lippen zu lesen. Doch zunächst schickten die Eltern sie in einen normalen Kindergarten. Während Heather den Kindergarten besuchte, wurde sie von einer totalen Begeisterung fürs Ballett erfaßt. Anfänglich war das Tanzen für sie eine Art Therapie, um ihr Sprechvermögen zu verbessern, indem es ihr half, ein stärkeres Gefühl für Tonhöhe und Rhythmus zu entwickeln.

Heathers Liebe zum Ballett führte sie auf die Kunstakademie von Alabama und später zum Briarwood-Ballett, einer Ausbildungsstätte für christlichen Ausdruckstanz. Hier lernte Heather, mit Hilfe des Tanzens ihre Anbetung Gott gegenüber auszudrücken. „Er hat mir dieses Talent geschenkt", pflegt sie zu sagen, „und ich möchte es ihm zurückgeben."

Um aufs College gehen zu können, brauchte Heather unbedingt ein Stipendium, denn nach der Scheidung der Eltern mußte ihre Mutter allein für die Kinder sorgen. Völlig unerwartet wurde ihr der Vorschlag gemacht, an der Jefferson County Junior Miss Stipendiums-Wahl teilzunehmen.

In den darauffolgenden Monaten entwickelte Heather ihr „Sterne"-Programm. Sie besuchte verschiedene Schulen und ermutigte die Kinder, sich anzustrengen und das Beste aus sich herauszuholen. Ihr Programm hatte fünf Spitzen, so wie ein Stern:

1. Habe eine positive Einstellung.
2. Glaube an deine Träume.
3. Sei bereit, hart zu arbeiten.
4. Sei ehrlich mit dir selber; erkenne deine Schwachpunkte und Hindernisse.
5. Bau dir ein Team von Unterstützern auf, auf die du dich verlassen kannst.

Als Heather im folgenden Jahr vor der Jury der Miss Alabama-Wahl stand, zeigten die Richter sich von ihrem Mut und ihrer Offenheit sehr beeindruckt. Heather sprach ihre Taubheit direkt an und erklärte den Richtern, man habe ihr zwar gesagt, daß sie niemals ein normales Leben führen könne, aber ihre Familie habe immer daran geglaubt, daß sie ihre Probleme überwinden und ihren Lebenstraum verwirklichen werde. Heather fuhr fort: „Mir ist klar, daß mit Gottes Hilfe grundsätzlich alles möglich ist. Für mich bedeutet meine Gehörlosigkeit nicht in erster Linie ein Hindernis, ich betrachte sie vielmehr als eine Gelegenheit für kreatives Denken." Diesmal gewann sie die Wahl und war somit in der Lage, an der Wahl zur Miss Amerika teilzunehmen.

Der Trubel der darauffolgenden Wochen gipfelte in der Reise nach Atlantic City, wo die Kandidatinnen aus ganz Amerika sich zur Wahl stellten. Heather gewann zunächst einen Preis für besondere Verdienste um das Allgemeinwohl, und zwar aufgrund ihres „Sterne"-Programms. Es folgte der Auftritt im Badeanzug, und wieder ging Heather als Siegerin hervor – eine überraschende Leistung für eine junge Frau, die so zurückhaltend ist, daß sie am liebsten ein weites T-Shirt über dem Badeanzug trägt, wenn sie am Strand ist. Schließlich versetzte sie die Menge mit ihrer getanzten Interpretation von „Via Dolorosa" in Entzücken. Sie schlug alle Warnungen, ein christliches Lied könne sich als zu problematisch erweisen, in den Wind und gewann auch den Talentwettbewerb.

Aber der nervenaufreibendste Teil lag noch vor ihr. Die improvisierten Interviews auf der Bühne waren immer schwierig, weil Heather die Fragen von den Lippen ablesen mußte und nie genau wußte, ob sie sie richtig verstanden hatte.

Der Moderator wandte sich Heather zu und erklärte den Zuschauern: „Sie haben vielleicht schon gelesen, daß Heather Whitestone, unsere Miss Alabama, hörgeschädigt ist. Auf einem Ohr hört sie überhaupt nichts, auf dem anderen nur zu 5 %. Deshalb meine Frage an Sie: Sie tanzen so wunderschön – hören Sie denn die Musik überhaupt?"

Heather erwiderte: „Durch mein Hörgerät kann ich einiges von dem Klang vernehmen. Ich mache es so: Zuerst höre ich mir eine Melodie mehrmals hintereinander an und versuche, mich hineinzufühlen. Dann zähle ich genau die Taktschläge mit und lerne sie auswendig. Das ist meine Methode." Der Beifall der Menge ließ eine herzliche Reaktion erkennen.

Die zweite Frage lautete: „Wie kann man die Schranken beseitigen, die einen daran hindern, die einzigartigen Möglichkeiten, die jeder von uns hat, voll auszuschöpfen, so wie Sie es uns vorgemacht haben?"

Nachdem Heather zunächst die Frage wiederholt hatte, um sicherzugehen, daß sie sie richtig verstanden hatte, fing sie an, ihr „Sterne"-Programm zu erläutern. Die Zuschauer zeigten durch lang anhaltenden Applaus, daß die junge Frau ihre Herzen gewonnen hatte.

Als die Ankündigung kam: „Die neue Miss Amerika 1995 – Miss Alabama, Heather Whitestone!", brachen die 13 000 in der Halle versammelten Zuschauer in Hochrufe und donnernden Applaus aus, unterstützt von weiteren 40 Millionen, die die Wahl am Fernseher verfolgt hatten. Heather schritt in einem langen weißen Kleid langsam über den Laufsteg, ein funkelnder Stirnreif zierte ihre hochgekämmten dunklen Haare, und in der Hand hielt sie einen wunderschönen Blumenstrauß. Es war ein unvergeßlicher Augenblick, den Heather in vollen Zügen genoß.

Anschließend wurde sie von den Reportern umlagert, die alles mögliche von ihr wissen wollten. „Ich glaube, Gott hat mir gestattet, Miss Amerika zu werden, weil er einen ganz bestimmten Plan mit meinem Leben verfolgt", erklärte sie ihnen. Ihre Gehörlosigkeit sei Teil dieses göttlichen Planes.

Heather sagt, sie habe früher oft gebetet, daß Gott sie von ihrer Taubheit heilen möge. Inzwischen habe sie sich damit abgefunden, daß er es anscheinend anders beschlossen habe. „Ich muß einfach auf andere Weise hören – nämlich mit meinem Herzen. Ich achte auf Gottes Stimme … Daß ich taub bin, habe ich mir nicht selber ausgesucht. Aber wenn meine Taubheit anderen Menschen hilft, möchte ich lieber taub sein als alles allein zu machen und selbst über mein Leben zu bestimmen."

In dem obenerwähnten Buch schreibt Heather Worte der Ermutigung über ihr Leben: „Oft danke ich Gott für alle Segnungen, die er mir geschenkt hat. Zu den größten Segnungen gehört, daß er mir die Kraft zum Durchhalten gab, als ich aufgeben wollte, und daß er mir einen Traum ins Herz legte, als alle Hoffnung dahin zu sein schien.

Vielleicht überrascht es Sie, wenn ich sage, daß Sie und ich vieles gemeinsam haben. Wenn Sie imstande sind, einen Traum zu träumen, können Sie diesen Traum nach Gottes Willen auch realisieren. Gott hat versprochen, daß „der, welcher ein gutes Werk in euch angefangen hat, es vollenden wird bis auf den Tag Jesu Christi" (Philipper 1,6). Mein Gebet ist, daß Sie erkennen, wie nötig Sie seine Hilfe brauchen, und erwarten, daß er in Ihrem Leben Wunder tut. Halten Sie fest an Gottes Wort, damit er Ihnen durch Jesus Kraft gibt, und Sie werden erleben, daß Ihre Träume wahr werden."

Schmerz der Seele

Verletzt, weinend und allein

Lee Ezell

Als ich im Dunkel jener schicksalhaften Nacht vor über 30 Jahren weinend dalag, hätte ich mir den Weg des Gehorsams nie vorstellen können, den Gott mich führen wollte, als Er meine junge Hand in die Seine nahm.

Fast blind vor Tränen und voller Scham und Schrecken lenkte ich zitternd meinen Wagen nach Hause. Die Ereignisse der letzten Stunde brachen mit der Wucht einer seelischen Sturmflut über mich herein und zwangen mich, am Straßenrand anzuhalten. Hemmungslos schluchzend versuchte ich, meine Gedanken zu ordnen und das schreckliche Erlebnis innerlich zu verarbeiten.

Am Nachmittag jenes Tages hatte ein übergewichtiger, unattraktiver Mann aus meinem Büro mich und zwei andere Kolleginnen zu sich eingeladen, um einen Film mit Cary Grant anzuschauen. Ich folgte der Wegbeschreibung zu seinem Wohnwagen und setzte mich auf einen schäbigen Stuhl, während er den Fernseher einschaltete.

Aber meine Kolleginnen, die kurz nach mir hätten ankommen sollen, tauchten nie mit der versprochenen Pizza auf. Es wäre mir nie in den Sinn gekommen, daß er ihnen erklärt hatte, die Sache müsse ins Wasser fallen. Er hatte etwas anderes vor.

Plötzlich kam er aggressiv auf mich zu und küßte mich heftig auf den Hals. Innerhalb weniger Minuten hatte er mich trotz aller Schreie und Gegenwehr überwältigt, entkleidet und vergewaltigt. Gewaltsam raubte er mir die Unberührtheit, die ich für den Mann meiner Träume aufbewahren wollte.

Nun saß ich in meinem Auto – verletzt, weinend und allein. Wo war der Gott, dem ich erst vor einem Jahr mein Leben anvertraut hatte? An wen konnte ich

mich wenden, da meine Mutter und meine Schwestern kaum mit ihrem eigenen Leben fertig wurden? Wie konnte ich mir je verzeihen, so töricht, so absolut unvorsichtig und geradezu lächerlich vertrauensselig gewesen zu sein? Und in den folgenden Wochen sollte sich herausstellen, daß ich schwanger geworden war.

Als ich im Dunkel jener schicksalhaften Nacht vor über 30 Jahren weinend dalag, hätte ich mir den Weg des Gehorsams nie vorstellen können, den Gott mich führen wollte, als Er meine junge Hand in die Seine nahm. Aber ich sollte lernen, daß Er die Tragödie meiner Vergewaltigung nach Seinen eigenen Absichten gebrauchen konnte.

Schnell drängte sich mir die Möglichkeit einer Abtreibung auf. Schon wenige Tage nach dem Schwangerschaftstest beim Arzt hörte ich einige Kolleginnen von einer Freundin sprechen, die in ein anderes Land geflogen war, um eine ungewollte Schwangerschaft abzubrechen. Mir – einer verschreckten 18jährigen – erschien das als die einfachste Lösung, doch schon die Vorstellung daran war furchtbar. Uneingeladen zwar, aber unbestreitbar keimte ein winziges Leben in mir auf. Ich würde nie zustimmen, es freiwillig zerstören zu lassen.

Rasch traf ich den Entschluß, von meiner bereits überlasteten, alkoholabhängigen Mutter wegzuziehen und mit dem „Problem" allein fertig zu werden. Unterwegs hielt ich bei einem billigen Hotel an und nahm mir ein Zimmer. Die schmuddelige, geblümte Bettdecke und die schäbigen Tapeten bedrückten mich. Doch in der Gideonbibel fand ich Worte voller Licht und Schönheit, die mein Herz für immer verwandelten: „Denn wenn ihr den Menschen ihre Vergehungen vergebt, so wird euer himmlischer Vater auch euch vergeben; wenn ihr aber den Menschen ihre Vergehungen nicht vergebt, so wird euer Vater auch eure Vergehungen nicht vergeben" (Matthäus 6,14-15).

Diese Worte erschreckten mich. Was bedeutete das: „So wird euer Vater auch eure Vergehungen nicht vergeben"? Damals wußte ich nicht, daß „die Furcht des Herrn der Anfang der Weisheit …" ist (Psalm 111,10), doch meine Gottesfurcht brachte mich dazu, den nächsten mutigen Schritt des Gehorsams zu gehen und zu vergeben.

Widerstrebend fing ich an, Namen auf ein gelbes Notizblatt zu schreiben. Ich begann mit meinem alkoholsüchtigen Vater, dessen Brutalität meine gesamte Kindheit überschattet hatte. Dann vergab ich meiner mißbrauchten Mutter, die mir in ihrer eigenen Hilflosigkeit wenig Geborgenheit vermittelt hatte. Schließlich ging ich über zu anderen Menschen – Lehrern, Freunden, Bekannten –, die mich absichtlich oder unabsichtlich verletzt hatten.

Nach stundenlangem innerem Ringen schloß ich mit einem Gebet der Vergebung für den Mann, der mich vergewaltigt hatte. Bei ihm, der mich am tiefsten verletzt hatte, fiel es mir am schwersten, zu vergeben. Aber ich war entschlossen, diesen schmerzhaften Prozeß zu Ende zu bringen, weil ich Gott die Möglichkeit geben wollte, mir zu vergeben. Durch diese Stunden des Gebets erschöpft, schlief ich schließlich ein, gereinigt durch Gottes Liebe und eingehüllt in Seinen Frieden.

Dies war nur der Anfang meiner Reise zur Heilung meiner Gefühle. In den Wochen nach meiner Vergewaltigung verfolgte mich ein Gefühl der Trauer. Ich schaute auf mein Leben zurück und fühlte mich niedergeschlagen und hoffnungslos. Wie konnte ich für dieses Kind sorgen? Auch ich war ein ungewolltes Baby gewesen. Das Leben in meinem zerrütteten Elternhaus hatte mir wenig Hoffnung auf eine bessere Zukunft vermittelt, und nun mußte ich allein meinen eigenen Weg finden.

Gottes Wort forderte mich jedoch heraus, einen weiteren schwankenden Schritt des Gehorsams zu gehen und meine Situation zu akzeptieren. In Psalm 139 las ich, daß Gott mich schon kannte, als ich noch im Mutterleib war, und daß Er schon damals mein Leben gewollt hatte. Dieser Vers galt auch für mein Dasein als Baby.

Jeremia erklärte: „Denn ich kenne ja die Gedanken, die ich über euch denke, spricht der Herr, Gedanken des Friedens und nicht zum Unheil, um euch Zukunft und Hoffnung zu gewähren" (Jeremia 29,11). Als ich die Tatsache akzeptierte, daß Gott manchmal herzzerreißende Umstände zu meinem Besten zuließ, konnte ich der Zukunft mit hoffnungsvoller Erwartung entgegensehen.

Während ich mich Schritt für Schritt von Gott leiten ließ, wurden aus Tagen Monate. Ein gläubiges Ehepaar nahm mich liebevoll bei sich auf. Auf ihren Rat hin beschloß ich kurz vor der Geburt, mein Kind zur Adoption freizugeben. Ich war entschlossen, es in eine gläubige Familie zu geben, und vermerkte diese Bedingung auf den Adoptionsunterlagen.

Meine kleine Tochter kam gesund und munter zur Welt. Obwohl ich sie nie selbst in den Armen hielt, legte ich sie unter Tränen vertrauensvoll in die Arme meines himmlischen Vaters, denn ich wußte, daß niemand besser für sie sorgen konnte als Er.

In den nächsten 20 Jahren verging kein Geburtstag meiner Tocher, ohne daß ich an sie dachte und mich fragte, wo sie war und was sie so machte. Doch die Zeit verging, und je mehr ich mein Vertrauen auf den Herrn richtete, desto tiefer heilte Er meine zerrüttete Gefühlswelt.

Die fehlenden Bereiche in meiner Vergangenheit hatte Gott mit Seinem Frieden ausgefüllt.

Ich besuchte ein Jahr lang eine Bibelschule, arbeitete anschließend als Gemeindesekretärin und schloß mich dann einer Gruppe an, die Bibelkonferenzen organisierte. Auf einer dieser Tagungen lernte ich einen reizenden Witwer, Hal Ezell, kennen. 1974 heiratete ich ihn und adoptierte kurz danach seine beiden Töchter.

Im ersten Jahr hatten meine neue Familie und ich einige schwierige Tage durchzustehen. Doch ich hielt mich an dieselben Prinzipien des Gehorsams, die ich schon gelernt hatte, und so zog schon bald ein fröhliches Miteinander in unser neues Familienleben ein. In den nächsten elf Jahren sprach ich bei öffentlichen Veranstaltungen oft zu anderen Frauen und teilte ihnen mit, wie ich durch Vergeben, Annahme und Vertrauen inneren Frieden gefunden hatte.

Eines Tages erhielt ich dann einen Anruf von jenem Ehepaar, das mich als Schwangere aufgenommen hatte. Zu meiner Überraschung erfuhr ich, daß sie einen Brief von einer jungen Frau namens Julie erhalten hatten, die sich von Gott geleitet fühlte, mit mir – ihrer leiblichen Mutter – Kontakt aufzunehmen. Es war nicht das kleine Mädchen, das ich zeitlos in meiner Erinnerung verankert hatte, sondern eine zwanzigjährige gläubige Frau und Mutter.

Ich bezwang meine Ängste und Zweifel und wählte Julies Telefonnummer. Ungläubig hörte ich zu, als sie bei diesem ersten Gespräch versuchte, mich zu Christus zu führen – es war der Hauptgrund, weshalb sie mit mir Kontakt aufgenommen hatte. Welche Freude war es, ihr mitzuteilen, daß sie mich schon 20 Jahre zuvor zu einer engeren Beziehung zum Herrn veranlaßt hatte.

Als wir einander am 11. Januar 1985 – an Julies 21. Geburtstag – zum ersten Mal trafen, stellte ich erstaunt fest, daß sie wie eine jüngere Ausgabe von mir aussah. Einige Augenblicke nach unserer ersten tränenreichen Umarmung reichte sie mir ein kleines Mädchen mit den Worten: „Nun geh mal zu deiner Oma."

„Danke, daß du Julie nicht abgetrieben hast", sagte mein neuer Schwiegersohn liebevoll. „Ich kann mir gar nicht vorstellen, ohne sie zu leben." Diese herrliche Begegnung glich einem unvorstellbaren Traum, der Wirklichkeit geworden war.

Nicht jeder hat dieses Glück. Vielleicht mußten Sie keine Vergewaltigung erleiden oder ein Kind zur Adoption freigeben, doch jede von uns hat tiefe Verletzungen und Enttäuschungen durchgemacht. Und wir können nie wissen, ob Gott nicht ein glückliches Ende für uns bereithält, wie Er es bei mir getan hat.

Aber mein Leben war schon heil geworden, bevor ich Julie wiedersah. Die fehlenden Bereiche in meiner Vergangenheit hatte Gott mit Seinem Frieden ausgefüllt. Zwar hatte ich keinen Einfluß darauf gehabt, welche Schwierigkeiten sich mir entgegenstellten, aber ich konnte den Weg des Gehorsams wählen und die schwere, aber richtige Entscheidung treffen, dem Leben meines Babys kein Ende zu machen, meine Ich-habe-so-etwas-nicht-verdient-Haltung aufzugeben und meine Augen vertrauensvoll auf Gott zu richten. Und da öffnete mein Leid mir die Tür zu einer lebendigen Beziehung zu Ihm.

Wenn ich mich in Schwierigkeiten auf Gottes unerschöpfliche Kraft verlasse und für den Gehorsam entscheide, dann webt Er aus diesen zerfransten und verhedderten Fäden meines Lebens ein wundervolles Bild, ganz nach dem einzigartigen Plan, den Er nur für mich entworfen hat. Dasselbe wird Er auch für Sie tun.

Stunde Null
Das Leben nach der Scheidung

Ulrike Yanik

Zwei unendlich lange Jahre zwischen Hoffen und Verzweifeln lagen hinter mir. „Mein Gott", habe ich immer und immer wieder gefleht, „nimm doch diese Liebe von mir." Es macht einfach keinen Sinn, einen Mann, der mich mit den verschiedensten Frauen betrogen hat, der mich finanziell ruiniert hat und mit meinen Gefühlen sorglos wie ein Kind mit seinem Tretauto umgegangen war, weiterhin zu lieben. Aber, was sollte ich tun, ich konnte es nicht ändern – auch wenn keiner meiner Freunde das nachvollziehen konnte und sie mir „Vernunft" predigten: ich liebte diesen Mann, der mein Mann war, mit ganzer Seele und den stärksten Gefühlen, die ein Mensch nur haben kann.

Zum einen vermißte ich meinen Mann schrecklich, spürte die kalte, grausame Einsamkeit, die mein Herz zu zerquetschen drohte, die mich hinderte, das Leben als Leben überhaupt noch wahrzunehmen. Zum anderen war ich eifersüchtig auf die anderen Frauen. Sie würden nun seinen Humor, seinen Charme und seine Zärtlichkeit genießen. In mir rebellierte alles. Das gehörte doch mir! Ich war ihm eine gute Frau gewesen, hatte gearbeitet und mitgeholfen, als es nötig gewesen war – niemals hätte er sich seine Firma ohne meine Unterstützung aufbauen können – immer war ich für ihn dagewesen – welch eine Ungerechtigkeit!

Eine schlimme Mischung aus Eifersucht, Einsamkeit und Selbstmitleid und einem Gefühl von einer lähmenden, alles niederdrückenden Ohnmacht ließen mir kaum noch die Luft zum Atmen. Es gab Augenblicke, da dachte ich so intensiv an meinen Mann, daß ich glaubte, er müsse das in diesem Augenblick auch spüren. Die Existenz meiner starken Gefühle konnten doch nicht so sinnlos sein und unbeachtet verpuffen. Doch das war nur quälende Illusion, der verzweifelte Wunsch, eine Situation zu ändern, die ohne meinen Willen und ohne eine Chance, etwas verhindern zu können, entstanden war. Nie wieder würde ich mit meinem Schatz fröhlich herumalbern, nie wieder würden wir gemeinsam kochen, verreisen, kuscheln – nie wieder … Diese zwei Worte begleiteten mich Tag für Tag, lähmten meine Lebensfreude.

In manchen Stunden wünschte ich, mein Mann wäre gestorben. Dann hätte ich wenigstens richtig –

In manchen Stunden wünschte ich, mein Mann wäre gestorben. Dann hätte ich wenigstens richtig – und öffentlich berechtigt – um ihn trauern können.

und öffentlich berechtigt – um ihn trauern können. Aber wer kann denn die Trauer einer verlassenen Frau nachempfinden? Ist der Verlust nicht mindestens genauso schmerzhaft wie bei einer Witwenschaft? Hinzu kommt noch die Demütigung des Verlassenwordenseins: des brutalen „Ich-lieb-jetzt-eine-andere". Alle meine Zukunftsträume waren zerschmettert. Ans Alleinsein, an eine eigene Karriere hatte ich nicht mehr gedacht. Alles war ausgerichtet auf unser „Wir".

Auch privat änderte sich nach der Trennung einiges. Einladungen von Freunden, die sich in der ersten Zeit ganz rührend um mich Häufchen Elend gekümmert hatten, ließen langsam, aber deutlich nach. Niemand sagt es, niemand will es, und doch geschieht es, bis man es irgendwann selber merkt: Als ich noch ein „Ehepaar" war, haben wir als Freunde besser zusammengepaßt. Noch mehr Verlassenheit und Bitterkeit auf meiner Seite!

Reizwort „Vergebung"

Trauer, Bitterkeit und ohnmächtige Wut können sehr berechtigte Gefühle sein, wenn man tief verletzt worden ist. Sie können aber auch zu einem Gefängnis werden, dessen Eisenmauern von uns selbst immer wieder erneuert und verstärkt werden, indem wir uns dem Kreislauf aus quälenden Emotionen und Gedanken unkritisch und fast willenlos überlassen. Immer rundherum geht es ohne Lichtblick, ohne Ausweg.

Als zum erstenmal das Wort „Vergebung" in mein Herz kam, zuckte ich zusammen: das hatte dieser Mensch doch nicht verdient! Ich sollte ihm vergeben? Er hatte mich ja noch nicht einmal darum gebeten! Nein, nein, und nochmals nein! Also quälte und weinte ich mich durch weitere Tage und Wochen, bis ich endlich begriff: Vergebung ist das Schlüsselwort für Freiheit! Meinen Mann erreichte meine Not ja gar nicht, ich war es selbst, die sich durch Unversöhnlichkeit ihre Lebensfreude raubte. Mit meinen Gefühlen hatte ich mich ganz fest an meinen Mann gebunden. Meine Bitterkeit war wie eine dicke Kette zwischen ihm und mir. Mit dem Verstand erfaßte ich das zwar – doch mein „Innerstes" weigerte sich, obwohl ich nun wußte, daß ich nur dann wieder frei atmen konnte, wenn ich bereit war, meinem Mann von *ganzem Herzen* zu vergeben, wie auch Gott mir vergeben hatte. Ich betete also zu Gott und sagte ihm, daß ich meinem Mann vergeben wolle. Ich bekannte, daß mein Kopf dazu bereit sei, mein „Bauch" aber noch dagegen rebelliere. Das tat so gut! Zum erstenmal seit langer Zeit konnte ich tief durchatmen, mein Kopf fühlte sich frei und klar an … in mir war Frieden, Gottes Frieden.

Es wäre schön, wenn damit gleich alles gewonnen gewesen wäre. Doch es brauchte noch einigemale der Überwindung, diesen Schritt bewußt zu wiederholen – immer dann, wenn sich anklagende, bittere, zornige Gefühle erneut in mein Herz eingeschlichen hatten. Immer dann, wenn ich z. B. „Gelegenheit" bekam, über meine Situation zu erzählen, zu jammern und zu klagen. Es war ein richtiger Kampf, in dem ich lernte, darauf zu achten, daß meine Gedanken und Gefühle mich nicht wieder erneut aufs „Glatteis" führen konnten.

Medizin für Seelenschmerz: Lobpreis

Wenn einem überhaupt nicht nach Lobpreis und Anbetung zumute ist, wenn man sich von Gott vergessen und verlassen fühlt, dann ist gerade der richtige Zeitpunkt dafür gekommen. Rein mit der Kassette in den Recorder und schon geht es einem besser? Nein, so einfach ist das nicht gewesen. Die ersten zwei, drei Lieder habe ich nie mitgesungen, sondern geschluchzt, Tränen sind geflossen, nicht zu knapp. Aber diese Tränen waren anders, sie haben mir nicht meine Not bestätigt, sondern mich befreit. „Ich will Dich preisen, Herr", heulte ich. Wer sonst sollte mir helfen? „Gott, Du hast versprochen, daß Du die Einsamen und Verlassenen tröstest", fast anklagend, einfordernd, machte ich Gott auf sein Versprechen aufmerksam. „Herr, tu was, ich halte es nicht mehr aus!"

Kein Leben „zweiter Wahl"

Heute kann ich nicht mehr sagen, wie viele Wochen und Monate ich aus diesem Loch hoch hinauf zu Gottes Thron geschrien habe. Aber eines weiß ich genau: Er hat mich erhört, Er hat sein Versprechen eingelöst und hat mir ein neues Leben gegeben. Sicher, dieses Leben sieht ganz anders aus, als ich es mir erträumt habe, trotzdem ist es ein schönes Leben, ein reiches und ein erfülltes Leben. Daß ich mich noch einmal freuen kann, das Leben toll finden kann, das konnte ich mir damals überhaupt nicht vorstellen. Und wenn mich jemand in meinem Kummer damit hätte trösten wollen, daß es mir eines Tages bestimmt besser gehen wird, den hätte ich wahrscheinlich an die Luft gesetzt. In dieser schlimmen Zeit war eine Besserung meiner verwundeten Gefühle einfach undenkbar. Außerdem hing ich nach wie vor ganz fest an meinem Traum von Glück und Ehe. Den wollte ich sehr lange nicht aufgeben, denn nur so und nicht anders, glaubte ich, könne ich wieder ein zufriedenes Leben führen. Heute sehe ich das so: Bevor dieses unselige Drama begann, hatte ich eine wunderschöne Zeit mit meinem Mann. Dafür bin ich von Herzen dankbar. Jetzt erlebe ich wieder eine schöne Zeit, abwechslungsreich und bunt, absolut kein Leben „zweiter Wahl".

Dennoch, das muß ich gestehen, überkommt mich, auch nach fast acht Jahren meines „erfolgreichen" Single-Daseins, noch hin und wieder Wehmut und Sehnsucht nach einer Partnerschaft – aber dann frage ich mich, ob nicht die vielen Freiheiten und Möglichkeiten meines neuen Lebens auch große Vorteile sind, die es nicht verdienen, verachtet zu werden. Jeder Stand hat seine unbestreitbaren Vor- und Nachteile. Sicher, ich habe das Alleinsein nicht gewollt, da ich nun aber einmal allein bin ... lasse ich doch das Abendessen heute einfach ausfallen und haue mich gleich mit einer Tüte Chips auf das Sofa, und morgen, morgen, fällt mir bestimmt auch noch etwas ein, das man sich eben nur als Single leisten kann!

Das große schwarze Loch meiner Scheidung ist inzwischen wie eine Brandnarbe, über die ich gelegentlich noch einmal streiche. Ich kann mich daran erinnern, aber es hat nicht mehr die Kraft, mir meine Freude zu stehlen. Es war schlimm, aber es ist vorbei.

Eines ist hundertprozentig sicher: Ob nun verheiratet oder nicht, Gott hat mich lieb. Er hat nie gewollt, daß ich so leide. Er war bei mir zu jeder Zeit – auch wenn ich das manchmal überhaupt nicht spüren konnte. In Ihm habe ich eine Zukunft, denn Er hat Gutes mit mir vor (Jeremia 29,11). Und das spüre ich überall. Manchmal wache ich morgens auf und möchte vor Lebensfreude fast platzen. Ganz ohne Grund, einfach nur, weil ich leben darf und das Leben schön finde. Gott sei Dank!

Ich bat Gott

Ich bat Gott um Kraft, damit ich etwas vollbringe; ich wurde schwach gemacht, damit ich demütig gehorche.

Ich bat um Gesundheit, damit ich Größeres tue; mir wurden Gebrechen gegeben, damit ich Besseres tue.

Ich bat um Reichtum, damit ich glücklich werde; mir wurde Armut gegeben, damit ich Weisheit gewinne.

Ich bat um Macht, damit ich von Menschen geehrt werde; mir wurde Schwachheit gegeben, damit ich meine Abhängigkeit von Gott erkenne.

Ich bat um alles, damit ich das Leben genießen kann; mir wurde Leben gegeben, damit ich alles genießen kann.

Ich erhielt nichts, um das ich bat, aber alles, das ich erhofft hatte.

Trotz meiner ausgesprochenen Bitten wurden meine unausgesprochenen Gebete erhört.

Unter allen Menschen bin ich der am reichsten Gesegnete.

Verfasser unbekannt

Mein Kind hat Aids

Margarete Schock

Der Aids-Virus berührt jeden gleichermaßen – reich und arm, jung und alt, Christ und Nicht-Christ – und „verheißt" den Tod ...

So hätte das Frühlings-Interview des Jahres 1989 mit Margarete Schock – der wohlhabenden süddeutschen Inhaberin einer Kunststoffirma mit 1000 Angestellten – beginnen sollen.

Während eines Aufenthalts bei ihr zu Hause erfuhren wir ihre herzzerreißende Geschichte. Ihr Sohn war 1987 bei einem tragischen Autounfall ums Leben gekommen, wobei er bei lebendigem Leib verbrannte, wie sie uns erzählte.

Dann sah mir Margarete in die Augen und sagte: „Aber es war die Hölle auf Erden, die endlich zu Ende gegangen war. Er hatte so viel während seiner letzten Lebensjahre gelitten. Er hatte Aids."

Aids. Man liest viel von diesem Aussatz der Neuzeit, der weit mehr als zehn Millionen Menschen befallen hat. Doch immer passiert es jemand anderem – nicht einer guten, christlichen Familie, in der die Eltern den Kindern christliche Werte beibrachten.

Als sie mit ihrer Geschichte fortfuhr, erklärte Margarete, wie ihr Sohn Steffen sich als Teenager mit Drogen eingelassen hatte. Doch das war vorbei – bis eines Morgens die Mutter einer früheren Freundin Steffens anrief.

„Es tut mir leid, Ihnen das sagen zu müssen, aber meine Tochter hat Aids. Sie sollten lieber Ihren Sohn untersuchen lassen. Die beiden benutzten gewöhnlich dieselbe Spritze."

In der Zwischenzeit war Steffen mit einer wunderschönen, jungen Frau verheiratet, und sie erwarteten ihr erstes Baby.

Nein, das darf uns einfach nicht passieren!

Doch es stimmt. Sowohl ihr Sohn als auch die Schwiegertochter hatten Aids. Mit dem Satz „Gott hat selbst in schwierigen Führungen Seinen Plan mit uns" erstaunte Margarete mich durch ihren starken Glauben an Gott.

Durch die Entdeckung der Aids-Erkrankung brach die Welt mit den Zukunftsträumen des jungen Ehepaares zusammen. Statt sie fallenzulassen, wie es normalerweise der Fall ist, ließen die Eltern die jungen Leute in ihr eigenes Haus ziehen und kümmerten sich um sie.

Als die Ausgestoßenen der Gesellschaft werden Aids-Betroffene gewöhnlich sich selbst überlassen, um eines schmerzhaften und langsamen Todes zu sterben – abgewiesen von der Gesellschaft, der Familie, Freunden und manchmal sogar von der Kirche.

Ja, Margarete sprach nicht nur von dem Mitleid für die Verlorenen und Ausgestoßenen, sondern fragte sich, was Jesus in der gleichen Situation tun würde. Die von Nägeln durchbohrten Hände und Füße Jesu beweisen Seine Liebe. Jesus schreckte nicht davor zurück, jene zu berühren, die es so verzweifelt nötig hatten, Seine erlösende Botschaft zu hören und Seine heilende Berührung zu empfangen. So folgte das Ehepaar Schock Seinem Beispiel.

Margarete glaubt, daß Steffen – sogar trotz des schrecklichen Hergangs seines Unfalls und seiner Krankheit – in den Himmel kam, weil er Frieden mit Gott gefunden hatte, während er in ihrem Haus lebte. Da die Familie Schock Mitleid mit ihm hatte, bekam er eine zweite Chance zu *leben*.

Nach seinem Tod war seine Familie bereit, in der Öffentlichkeit darüber zu sprechen und andere auf die Gefahr aufmerksam zu machen, Aids durch intravenösen Drogenkonsum oder durch sogenannten „safe sex" zu verbreiten.

1992 erhielten wir eine schwarzumrandete Karte von Margarete. Nun hat sie auch ihre Schwiegertochter an Aids verloren.

So griff ich nach dem Telefonhörer und rief Margarete an. Ich wollte erfahren, wie es ihr geht. Solch eine tragische Geschichte geht jedem zu Herzen, und gleichzeitig gibt es viele Fragen. Margarete hat sie uns beantwortet.

Wie geht es Ihnen fünf Jahre nach dem Tod Ihres Sohnes?
Steffen war der Jüngste unserer vier Söhne, die wir alle gleich liebhatten. Natürlich kommt immer wieder Heimweh auf nach unserem verlorenen Kind, doch wissen wir ihn in Gottes Hand gut aufgehoben.

Durch Gottes Hilfe und den Beistand vieler Freunde konnten wir die Trauer weitgehend überwinden. Sehr hilfreich für mich war in den vergangenen Jahren, daß ich mich immer wieder um andere Menschen kümmerte, die in ähnlichen oder anderen Nöten sind.

Und wie fühlen Sie sich nun, nachdem Sie Ihre Schwiegertochter verloren haben?
Es ist erst vier Monate her, daß wir auch sie beerdigen mußten. Diese Tatsache und die Zeit davor hat natürlich viele Schmerzen verursacht und viele Wunden wieder aufgerissen.

Elke war uns und besonders mir sehr ans Herz gewachsen, und wir haben sie mehr und mehr liebgewonnen. Als Elke tot war, sagte Alexander, ihr kleiner Sohn: „Jetzt bin ich ja nur noch ein Kind." (Er meint damit, daß er jetzt – ohne Mama und Papa – „nur" noch als Kind übriggeblieben ist.)

Wie war der Bewußtseinszustand Ihrer Schwiegertochter, als sie starb? Hat sie Steffen dafür verantwortlich gemacht, daß er sich mit dem Virus infizierte, oder war sie bitter ihm gegenüber? Wie war ihre Einstellung und ihr Verhältnis zu Gott? Wie starb sie? Was war ihre Sorge in bezug auf ihr Kind?
Es ist nun siebeneinhalb Jahre her, daß Elke schwanger war. Das junge Paar fand durch einen Bluttest heraus, daß beide Elternteile Aids-infiziert waren.

Es war die Hölle für beide und auch für uns als Familie. Unser Enkel Alexander wurde geboren, und nach vielen Untersuchungen stand endlich fest, daß das Kind gesund ist. Elkes Kommentar dazu: „Ich glaube an einen lebendigen Gott!"

Wir alle sehen Alexander als ein ganz besonderes Gottesgeschenk an. Elke gab Steffen niemals die Schuld wegen des Aidsvirus, dafür aber lange Zeit anderen Menschen, durch die Steffen sich wahrscheinlich infiziert hatte.

Elke entschloß sich zu einer Anti-Drogentherapie, und mit großer Mühe schaffte sie es. Sie wollte alles tun, um später selbst für ihr Kind sorgen zu können. Sie holte das Abitur nach, lernte Sprachen und begann eine Banklehre, alles mit Freude und Erfolg.

Ihr Gesundheitszustand ging auf und ab, bis vor einem Jahr Fieber auftrat, das sie bis zu ihrem Tode nicht mehr verließ. Ihr Zustand verschlechterte sich zusehends, so daß sie im Januar dieses Jahres ihre Lehre abbrechen mußte.

Nun mußte sie eines nach dem andern abgeben und sich auf den Abschied vorbereiten. Elkes Verhältnis zu Gott und Jesus war schon seit längere Zeit gewachsen und inniger geworden, so daß sie sich schon vor Jahren taufen ließ.

Ihre Mutter hat auch Elke bis zu ihrem Tode zu Hause aufopferungsvoll gepflegt, so daß sich der betreuende Arzt voller Respekt darüber äußerte. Es kommt ja leider nicht oft vor, daß diese armen Menschen Liebe erfahren bis zu ihrem Tod.

In der letzten Phase ihres Lebens saß ich oft an ihrem Bett, habe ihr aus der Bibel vorgelesen und mit ihr gebetet. Alles in allem war es ein gnädiger Tod.

Sorgen Sie sich um Alexander? Wie reagieren andere dem Kleinen gegenüber? Akzeptieren sie ihn?
Alexander ist unser ganz besonderer Schatz, und auch andere Leute mögen ihn sehr, obwohl in der Schule schon gewisse Fragen bezüglich Aids aufgetreten sind.

Werden Sie jemals selber abgelehnt, weil Ihr Sohn Aids hatte? Wie begegnen Sie dieser Situation?
Wir selbst haben noch keine Ablehnung wegen Aids

erfahren, wohl aber wurden gewisse Fragen und Ängste geäußert. Dazu darf ich sagen, daß ich noch nie Angst gehabt habe, diese Krankheit zu bekommen. Bestimmte Regeln im Leben muß man natürlich beachten, doch werden solche schon lange öffentlich bekannt gemacht.

Wie haben Sie sich als Elternteil gefühlt, während Ihr Sohn noch am Leben war? Haben Sie sich jemals irgendwie schuldig gefühlt oder sich selbst wegen der Tragödie Vorwürfe gemacht? Haben Sie sich selber angeklagt, ihn nicht richtig erzogen zu haben?

Als Eltern trägt man selbstverständlich das Leid mit seinen Kindern. Man schaut ängstlich in die Zukunft und fragt sich: Wie wird alles werden? Wie werden die Kinder damit fertig, wie können wir helfen? Die ganze Tragödie überschattet das Familienleben, und man findet sich immer wieder in der Abhängigkeit von Gott. Er ist auch die einzige Zufluchtsstätte, in die man sich mit wehem Herzen flüchten und Ruhe finden kann.

Gerne würde man ergründen, was man als Mutter falsch gemacht hat, oder was man anders machen würde, aber man kommt zu keiner richtigen Antwort.

Man möchte so gerne helfen, aber man ist ziemlich hilflos, man möchte heilen und verbinden, aber es gibt keine Heilung. So muß man lernen, die Fakten zu akzeptieren, damit zu leben und jeden Tag neu aus Gottes Hand zu nehmen; sich aneinander zu freuen, solange man sich noch hat. Das ist auch ein gutes Rezept für alle, die noch leben.

„Liebt euch, Lebende in der Zeit, kurz ist die Zeit, die ihr beisammen seid. Und wenn auch viele Jahre euch vereinen, einst werden wie Minuten sie euch scheinen."

Was würden Sie Eltern sagen, deren Kinder in Schwierigkeiten stecken? Welchen Rat würden Sie ihnen geben?

Ich möchte an alle Eltern appellieren: Lieben Sie Ihre Kinder, wie sie sind, aber lieben Sie sie besonders, wenn sie in Schwierigkeiten sind. Sie brauchen Sie, auch wenn sie Sie scheinbar ablehnen. Geben Sie ihnen das Gefühl, daß sie immer zu Ihnen kommen können, wenn sie Sie brauchen. Beten Sie für sie, legen Sie sie vor Gott ab, aber verschließen Sie Ihr Herz nicht, auch wenn sie Ihnen Schwierigkeiten machen.

Unseren Kindern zum Gedächtnis

Nun habt Ihr beide es vollbracht, gelitten – und verloren – kein Mittel widerstand der macht, hilflos die Professoren!

Weltweit ein Millionenheer rasch wachsend großer Zahlen. In Bälde halbe Länder leer, unsäglich groß die Qualen.

Ist das die Pest der Neuen Zeit, der Tod auf leisen Sohlen? Ganz tief ist die Betroffenheit: Wen wird's als Nächsten holen?

Heimtückisch lange dauert es vom Anfang bis zum Ende; an jeder Ecke lauert es, ach Gott! Wann kommt die Wende?

Erschüttert haben wir erlebt, was Pflege kann bedeuten, wie oft der Mütter Herz gebebt, wenn andere sich scheuten!

Als Ausgestoßene lebtet Ihr, von vielen oft gemieden, doch als Familien standen wir zur Seite Euch hienieden.

Wo lag der Fehler – wo die Schuld? leicht fällt die Analyse, doch schwerer wiegt des Heilands Huld, daß ER für uns es büße!

Gott zeigt durch Aids uns aber auch, wie richtig die Gebote: Sie sind weit mehr als alter Brauch, nicht Steine – sondern Brote!

Euch wissen wir in Seiner Hand. Wir sorgen für den Knaben. Einst sehen wir im Himmelsland die wir geliebet haben!

Gebet
verändert

Ob Beten wohl hilft?

Lotte Bormuth

Wer kennt als Mutter heutzutage nicht die Not mit den heranwachsenden Kindern, wenn sie auf Stellensuche gehen? 20, 40, 50, ja bis zu 100 Bewerbungsschreiben werden hinausgeschickt, und jeder Brief wird mit einem Funken Hoffnung begleitet: vielleicht klappt es ja diesmal …

Bei Frau Schröder war es anders. Ihr Sohn hatte auf dem Landratsamt seine Lehre begonnen und hoffte nun, nach gut bestandener Prüfung bei der Kreisverwaltung angestellt zu werden. Aber welch ein Schrecken durchfuhr Manfred, als er hörte, daß von den zehn ausgebildeten Lehrlingen nur einer in den Verwaltungsdienst übernommen werden könnte! Recht niedergeschlagen berichtete er seiner Mutter am Abend von dieser Hiobsbotschaft. Frau Schröder aber ließ sich von der niederschmetternden Nachricht nicht unterkriegen. „Zum Landrat werde ich gehen. Persönlich will ich mit ihm reden, und zwar schon morgen, Manfred", erklärte sie spontan ihrem Sohn. „Ich werde ein Wort für dich einlegen. Er muß dich nehmen, denn du bist tüchtig und fleißig. Ich werde mich für dich einsetzen und ihm unsere Lage schildern. Junge, ich kämpfe für dich. Der Landrat muß dich nehmen."

„Ach, Mutter, wie stellst du dir das vor, du und einfach so zum Landrat gehen", wehrte Manfred ab. „Du kommst erst gar nicht bis zu ihm. In irgendeinem Vorzimmer bleibst du hängen, dich lassen sie erst gar nicht bis zu ihm vordringen. Gib dich keinen Illusionen hin, es hat doch alles keinen Zweck. Mir wird das Schicksal nicht erspart bleiben, wie die vielen anderen Jugendlichen arbeitslos zu sein. Zu Hause werde ich untätig herumsitzen und Trübsal blasen." Mit diesen Worten verließ Manfred bekümmert die Küche. Schon an seinem müden Gang merkte man ihm die Resignation an, und die Mutter litt mit ihrem Sohn.

Am Abend ging Frau Schröder in den Stall, um die Kühe zu füttern und zu melken. Sie saß mit ihrem Schemel unter der schwarzbunten Lisa, und während sie mit beiden Händen kräftig am Euter zog und die warme Milch in dünnem Strahl in den Eimer spritzte, mußte sie ständig an ihren Jungen denken. Es kamen ihr die ersten Zweifel, ob ihr Gang zur Kreisverwaltung wohl einen Sinn hätte, und plötzlich war sie von der Gewißheit erfüllt: „Nein, ich werde nicht zum Landrat gehen. Habe ich in Christus nicht einen besseren Fürsprecher? Ihm werde ich alles sagen. Er hat mehr Möglichkeiten als ich, und Er kann ein kräftigeres Wort für unseren Manfred einlegen, als ich es tun kann. Beten werde ich, das ist die Lösung unseres Problems!" Und so hielt Frau Schröder sogleich vom Melken inne, faltete die Hände in ihrem Schoß und brachte ihr Anliegen vor ihren himmlischen Vater.

Zehn Tage später erschien Manfred glückstrahlend in der Küche. In der Hand hielt er ein Schreiben seines Chefs. Darin hieß es, daß er ab nächstem Ersten in den Dienst der Kreisverwaltung übernommen würde.

„Junge, bedank dich bei deinem Fürsprecher da oben." Bei diesem Satz deutete Frau Schröder zum Himmel. „Er hat für dich ein gutes Wort beim Landrat eingelegt und Seine Sache besser gemacht, als ich es hätte tun können. Was bin ich froh, daß ich Ihn eingeschaltet habe. Er hat mich nicht enttäuscht und ist der beste Anwalt!"

Fünf „gefährliche" Gebete

Bill Hybels

„Lieber Herr, hilf mir an diesem Tag", betete Laura im stillen, während sie zur Arbeit fuhr. „Bitte, bewahre meine Familie. Und hilf mir, alles zu schaffen, was heute anliegt."

Sprechen Sie auch, wie Laura, jeden Morgen auf dem Weg zur Arbeit ein kurzes Gebet um Bewahrung Ihrer Familie? Wie steht es mit dem auswendig gelernten Tischgebet vor dem Frühstück bzw. Abendessen? Ist es Ihre Gewohnheit, mit Ihren Kindern vor dem Zubettgehen zu beten, oder halten Sie bei Ihrer Morgenandacht einen langen Gebetsmonolog?

Tag für Tag sprechen wir alle möglichen Gebete – von den unverfänglichen, auf die eigene Person bezogenen bis hin zu den gewagten, aufregenden. Wann haben Sie zum letzten Mal ein „gefährliches" Gebet gesprochen, ein Gebet, das Ihrem Glauben Ausdruck verlieh und Sie auf nie gekannte Art und Weise für Gott öffnete?

Gott liebt es, gefährliche Gebete von uns zu hören – Gebete, die uns helfen, in unserem Christenleben weiterzukommen. Die Bibel ist voll von Gebeten gläubiger Menschen, denen es ein Anliegen war, als Christen zu wachsen. Wenn Sie bisher in Ihren Gebeten immer einen gewissen „Sicherheitsabstand" zu Gott eingehalten haben, versuchen Sie doch einmal, eins der folgenden „gefährlichen" Gebete zu sprechen. Sie werden erstaunt sein, wie Gott in seiner Weisheit darauf antwortet.

1. Erforsche mich

Unsanft warf Karin den Hörer auf die Gabel. ,Wie kann Petra sich nur so benehmen!' dachte sie wütend.

,Fällt ihr denn nichts Besseres ein, als sich mit einem verheirateten Mann einzulassen? Wie kann sie sich so frech über alles hinwegsetzen, was die Bibel über die Ehe zu sagen hat? Wie ist es nur möglich, sich so weit von Gott zu entfernen!'

Auch wir sind manchmal schrecklich enttäuscht von Menschen, die sich scheinbar so leichtfertig über die Größe und Güte Gottes hinwegsetzen. Es ärgert uns, daß sie sich so wenig um die moralischen Gebote scheren, die er gegeben hat. Genau das gleiche Empfinden hatte König David in Psalm 139. Hingerissen von seinem Gott, pries er dessen Stärke und bewunderte staunend seine Allgegenwart. Er war mit Dankbarkeit und Anbetung erfüllt, doch ganz plötzlich schlug seine freudige Stimmung in Empörung um, und er rief aus:

„Mögest du, o Gott, den Gottlosen töten! ... Sollte ich nicht hassen, Herr, die dich hassen, und sollte mir nicht ekeln vor denen, die gegen dich aufstehen? Mit äußerstem Haß hasse ich sie. Sie sind Feinde für mich" (Psalm 139,19-22).

Doch kaum hatte David diese Worte ausgesprochen, da stutzte er und fuhr dann fort: „Erforsche mich, Gott, und erkenne mein Herz. Prüfe mich und erkenne meine Gedanken! Und sieh, ob ein abgöttischer Weg bei mir ist, und leite mich auf dem ewigen Weg" (Verse 23-24).

Oft sind wir zu Recht empört über Menschen, die offen gegen Gott rebellieren, und vergessen ganz zu fragen, ob nicht auch in uns selber noch Rebellion zu finden ist. David erkannte, wie notwendig es war zu beten: „Erforsche mich!" Und bevor wir uns über anderer Leute Sünden aufregen, sollten wir es machen wie David und ebenfalls ein solches Gebet sprechen.

Es gibt ein altes Sprichwort, das lautet: „Stelle keine Frage, auf die du nicht bereit bist, die Antwort zu hören!" Es ist gefährlich, Gott zu bitten, Sie zu erforschen, denn er tut es wirklich! Er unterzieht Ihr Herz einer genauen Prüfung, um zu sehen, ob sich irgend etwas darin findet, was ihm mißfällt oder Schmerz bereitet. Alle verborgenen Bereiche Ihres Lebens, die auf Veränderung angewiesen sind, bringt der Heilige Geist ans Licht, und Sie können dann nicht mehr so tun, als wüßten Sie von nichts. Beten Sie also erst „Erforsche mich!", wenn Sie wirklich für diese Art Enthüllung bereit sind. Christen, die dem Herrn aufrichtig nachfolgen wollen, werden so beten, weil sie wollen, daß die Sünde gänzlich aus ihrem Leben ausgerottet wird und sie im Glauben wachsen können.

2. Zerbrich mich

„Ich kann es einfach nicht lassen, Eindruck schinden zu wollen – und zwar bei allen, die mir über den Weg laufen", bekannte mir kürzlich eine Frau. „Wahrscheinlich habe ich einfach Angst davor, was andere über mich denken. Ich habe Angst, sie könnten nichts mit mir zu tun haben wollen, wenn ich ihren Erwartungen nicht gerecht werde. Es ist wirklich ein Teufelskreis, in dem Sorge und Furcht einander abwechseln!"

In Prediger 3,3 heißt es: „Es gibt eine Zeit abzubrechen und eine Zeit zu bauen." Wenn Sie je als Christ wachsen wollen, müssen Sie darum beten, daß Gott Sie zerbricht. Egal, wie gut oder weniger gut Ihr geistlicher Stand sein mag, es gibt ganz bestimmt auch in Ihrem Leben Bereiche, in denen Sie auf das Eingreifen Gottes angewiesen sind.

Vielleicht müssen Sie falsche Verhaltensmuster abbrechen wie z. B. Perfektionismus oder übergroße Angst im Hinblick auf Ihren guten Ruf, wie es bei der obenerwähnten Frau der Fall war. Vielleicht haben Sie auch mit Furcht, böser Lust, Habgier oder Eifersucht zu kämpfen.

Als ich mein Pastorenamt antrat, war ich gerade 23 Jahre alt. Ich war mir nicht sicher, ob ich überhaupt in der Lage sein würde, Predigten zu halten oder Erwachsenen vorzustehen. Die Furcht hing über meinem Leben wie eine große dunkle Wolke. Da fing ich an zu beten: „O Gott, bitte, zerbrich diesen Geist der Furcht, der mich auf Schritt und Tritt verfolgt! Du mußt ihn einfach zerbrechen, denn er gereicht dir nicht zur Ehre, sondern wirkt sich negativ auf meine gesamte Arbeit als Lehrer und geistlicher Leiter aus. Bitte, zerbrich ihn!" Und Gott erhörte mein Gebet. Es passierte zwar nicht über Nacht, aber je länger ich so betete, um so mehr verspürte ich, wie die Kraft Gottes in meinem Leben wirksam wurde und die Furcht weichen mußte.

Ich habe es mir zur Gewohnheit gemacht zu beten: „Herr, zerbrich mich!", denn es gibt immer Dinge in meinem Leben, die niedergerissen werden müssen, sei es Entmutigung, Stolz oder Gefühllosigkeit, und ich schaffe es einfach nicht allein. Während wir in unserem Glaubensleben wachsen, müssen neue Verhaltensweisen an die Stelle der alten treten – solche, die Christus ähnlich sind. Aber zuerst müssen die alten abgebrochen und in Stücke geschlagen werden. Gott allein hat die Macht, uns zu helfen, daß wir sie überwinden können. Wenn Sie also wirklich frei sein wollen, Christus völlig nachzufolgen, dann sollten Sie nicht zögern zu beten: „Herr, zerbrich mich!"

3. Dehne mich

Simone lebt in einer sehr schwierigen ehelichen Beziehung. Ihr Mann teilt ihre christlichen Wertvorstellungen nicht und gibt ihr auch sonst kaum, was sie für ihr seelisches Wohlbefinden benötigt.

„Zuerst habe ich immer gebetet, Gott möge meinen Mann und meine Umstände verändern und alles genauso machen, wie ich es mir wünsche", bekennt sie. „Inzwischen habe ich erkannt, daß Gott, anstatt mich aus meinen Problemen zu befreien, will, daß ich daran wachse – er möchte, daß mein Glaube sich weitet."

Wer geistlich erwachsen werden will, muß Gott um „Dehnfähigkeit" bitten. Bei den ersten Christen gehörte es praktisch dazu, geschlagen, ins Gefängnis geworfen und später sogar in der Arena den Löwen zum Fraß vorgeworfen zu werden. Aber anstatt Gott zu bitten, er möge der Verfolgung ein Ende bereiten, beteten die Christen: „Herr, gib uns mehr Mut und auch mehr Kühnheit!" Das Ergebnis war, daß die Gemeinde sowohl geistlich als zahlenmäßig wuchs – und das angesichts enormer Widerstände.

Auch wenn Sie nicht unter körperlicher Verfolgung zu leiden haben wie die ersten Christen, fühlen Sie sich vielleicht innerlich eingeengt. Sie sind es leid, in geistlicher oder beziehungsmäßiger Hinsicht auf der Stelle zu treten und nicht weiterzukommen. Ist Ihre Ehe schwierig wie die von Simone? Machen Ihnen Ihre Kinder Not, und Sie wissen nicht, wie Sie mit ihnen fertig werden sollen? Bitten Sie Gott doch einfach, Ihre Ehe, Ihr Elterndasein, Ihr geistliches Verständnis zu erweitern, ja, Ihnen Mut zu einem ganz neuen Wandel mit ihm zu geben. Sie wissen ja, diese „Dehnfähigkeit" ist notwendig, um wirklich im Glauben zu wachsen.

Sind Sie schon einmal einer Frau begegnet, deren tiefe Liebe Sie beschämt, deren Beharrlichkeit Sie inspiriert, deren Geduld Sie herausgefordert oder deren innere Stärke Sie erstaunt hat? Dann handelte es sich bestimmt um eine Frau, die Gott um „Dehnfähigkeit" gebeten hatte. Nur so lassen sich die Herausforderungen und Schwierigkeiten des Lebens in Charakterstärke umwandeln.

4. Führe mich

Als ich mich für Christus entschied, riet mir ein Freund, Gott die Herrschaft über mein ganzes zukünftiges Leben zu überlassen. Also betete ich: „O Gott, nimm du mein Leben und mach damit, was du willst."

Als erstes führte Gott mich aus dem lukrativen Familienbetrieb, den mein Vater seinen Söhnen hatte übergeben wollen, hinaus und steckte mich in eine christliche Jugendorganisation, wo er mich für ein besseres Taschengeld in der Versandabteilung arbeiten ließ. Wahrhaftig, ein großer Schritt nach unten – mir kam es vor, als ob Gott mich in die falsche Richtung führte! Doch während der gesamten zwölf Monate, die ich dort war, verspürte ich auf ganz besondere Weise die Gegenwart Gottes. Ich wußte, daß bald etwas Aufregendes passieren würde!

Als nächstes führte mich Gott in die Arbeit als Jugendpastor. Das schien ein weiterer

Schritt in die falsche Richtung zu sein, denn ich mußte für ein Halbtagsgehalt den ganzen Tag arbeiten. Doch in dieser Zeit wurde ein Jugendwerk geboren, durch das mehr als 1000 junge Menschen erreicht werden konnten und das schließlich zur Gründung einer Gemeinde führte. Während dieser drei Jahre wurde mir unumstößlich klar, daß Gott genau weiß, was er tut – auch wenn das bei mir manchmal nicht der Fall ist.

„Herr, ich stelle mich dir zur Verfügung, wenn du etwas durch mich bewirken willst, es sei groß oder klein. Ich bin bereit, mich von dir gebrauchen zu lassen."

Jeder Schritt, den Gott mich heute weiterführt, ist ein wenig aufregender als der letzte. Und jeder Schritt läßt mich ein wenig deutlicher erkennen, warum und wozu Gott mich geschaffen hat. Ich bete immer noch: „Herr, führe mich!", weil Gott sich stets als gut und vertrauenswürdig erwiesen hat und ich nichts von dem verpassen möchte, was er für mein Leben geplant hat.

Wenn man sich in seinem Haus, seinem Beruf, seiner Familie oder seinen Zukunftsplänen so richtig „heimisch" fühlt, mag man versucht sein, das Gebet um Gottes Führung nach Möglichkeit zu vermeiden; er könnte einem sonst ja vielleicht das ganze Leben „durcheinanderbringen". Man hat Angst davor, Gott uneingeschränkt und in allem die Herrschaft zu überlassen. Aber gerade hier setzt der Glaube ein. Wir müssen einfach glauben, daß Gott uns liebhat und unseren Lebensweg besser und spannender gestalten will, als wir es jemals könnten.

Probieren Sie es aus. Sagen Sie zu Gott: „Herr, hier hast du mein Leben. Ich will deiner Stimme gehorchen und auf das leise Mahnen deines Geistes eingehen." Sie werden überrascht sein, was passiert!

5. Gebrauche mich

Kürzlich fuhr ich zu einer Veranstaltung, auf der ich sprechen sollte. Unterwegs bat ich Gott, er möge mich doch wirklich gebrauchen. ‚Bestimmt wird der Herr dieses Gebet erhören und mich bei dem Frühstückstreffen gebrauchen', dachte ich bei mir selbst. Doch ich habe festgestellt, daß Gott manchmal Situationen verändert, wenn man so betet.

Am Zielort angelangt, merkte ich, daß ich vergessen hatte, eine Krawatte einzupacken, und lief schnell auf die andere Straßenseite, um mir eine zu kaufen. Auf dem Rückweg fiel mir ein traurig dreinblickender Mann an einem Schuhputzstand auf. Der Geist Gottes drängte mich, eine Unterhaltung mit ihm zu beginnen, und nach einer Viertelstunde wußte ich, daß dieser Mann sich in einer echten finanziellen Notlage befand, aus der ich ihm ohne Schwierigkeiten heraushelfen konnte. Es war eine gottgegebene Begegnung! Weil ich den Herrn gebeten hatte, mich zu gebrauchen, hatte er diese Situation herbeigeführt.

In unserer heutigen Zeit müssen wir natürlich aufpassen, uns nicht mißbrauchen statt gebrauchen zu lassen. Aber das ist mit diesem Gebet auch nicht gemeint. Wir drücken damit lediglich aus: „Herr, ich stelle mich dir zur Verfügung, wenn du etwas durch mich bewirken willst, es sei groß oder klein. Ich bin bereit, mich von dir gebrauchen zu lassen, falls du einen anderen Menschen durch mich erreichen möchtest."

Gebete dieser Art sind äußerst kraftvoll. Man ist nie vor Abenteuern sicher! Man weiß nie, was auf einen zukommt, aber es lohnt sich, so zu beten, denn wenn wir Gott bitten, uns zu gebrauchen, dann wird er es tun. Und es gibt wirklich nichts Schöneres, als sich von Gott gebrauchen zu lassen!

Wenn Sie bereit sind, diese fünf „gefährlichen" Gebete zu sprechen, bedeutet das, daß Sie es ernst meinen mit Gott. Sobald Sie sich betend und mutig aus Ihrer gewohnten Bequemlichkeit hinauswagen, wird sich Ihr Leben total verändern. „Erforsche mich! Zerbrich mich! Dehne mich! Führe mich! Gebrauche mich!" Beten Sie so, und Sie werden erstaunt sein, was Gott tut!

Unsere Wohnung bei Gott

Jonathans Ei

Eine ungewöhnliche Ostergeschichte

Ida Kempel

Jonathan war körperlich und geistig leicht behindert zur Welt gekommen. Als er zwölf Jahre alt war, ging er mit viel jüngeren Kindern zusammen in eine Klasse. Es hatte den Anschein, daß er einfach nicht lernen konnte. Oft brachte er seine Lehrerin Frau Müller schier zur Verzweiflung, wenn er sich auf seinem Stuhl hin und her wand, vor sich hinstarrte und dabei fremde Geräusche von sich gab …

Es gab allerdings auch Augenblicke, in denen Jonathan klar und deutlich sprach – gerade so, als sei ein Lichtstrahl in die Dunkelheit seines Gehirns gedrungen. Die meiste Zeit jedoch empfand sie als ausgesprochen unbefriedigend, Jonathan zu unterrichten. Eine Tages rief sie seine Eltern an und bat sie zu einem Gespräch in die Schule.

Als das Ehepaar schließlich in dem leeren Klassenraum schweigend vor ihr saß, eröffnete sie ihnen: „Jonathan gehört eigentlich in eine Sonderschule. Es ist nicht gerecht ihm gegenüber, daß er immer mit viel jüngeren Kindern zusammen sein muß, die zudem keine Lernbehinderung haben. Schließlich ist er drei Jahre älter als seine Mitschüler!"

Seine Mutter weinte leise in ihr Taschentuch, während ihr Mann das Wort ergriff. „Frau Müller", sagte er zögernd, „es gibt hier in der Nähe keine derartige Schule. Für Jonathan wäre es ein furchtbarer Schock, wenn wir ihn aus seiner gewohnten Umgebung herausnehmen müßten. Ich weiß, daß es ihm hier in dieser Schule sehr gut gefällt."

Nachdem beide gegangen waren, saß Frau Müller noch lange auf ihrem Platz am Fenster und starrte hinaus auf den neugefallenen Schnee. Seine Kälte schien langsam in ihr Herz hineinzukriechen. Einerseits empfand sie Mitleid mit den Eltern. Schließlich hatten sie nur dieses eine Kind, und das war unheilbar krank. Aber andererseits war es einfach nicht zu verantworten, Jonathan in dieser Klasse zu lassen. Außer ihm hatte sie ja noch vierzehn andere Kinder zu unterrichten, für die seine Anwesenheit nur eine ständige Ablenkung bedeutete. Außerdem – er würde sowieso nie lesen und schreiben lernen. Warum also sollte sie sich noch länger abmühen und ihre Zeit an ihn verschwenden?

Während sie so über die ganze Situation nachdachte, wurde sie plötzlich von einem starken Schuldgefühl überfallen. „O Gott", sagte sie halblaut, „ich sitze hier und klage, während meine Schwierigkeiten doch gar nichts sind im Vergleich zu denen dieser armen Familie! Bitte hilf mir, mehr Geduld mit Jonathan zu haben!"

Von nun gab sie sich alle Mühe, Jonathans Geräusche und seine stierenden Blicke einfach nicht zu beachten. Eines Tages humpelte er plötzlich auf ihr Pult zu, wobei er sein lahmes Bein hinter sich her zog. „Ich liebe Sie, Frau Müller!" rief er – laut genug, daß die ganze Klasse es hören konnte. Die Kinder kicherten, und sie bekam einen roten Kopf. „A-also", stammelte sie, „das ist ja sehr schön, Jonathan. A-aber setz dich jetzt bitte wieder auf deinen Platz!"

Der Frühling kam, und die Kinder unterhielten sich angeregt über das bevorstehende Osterfest. Sie erzählte ihnen die Geschichte von der Auferstehung Jesu, und um den Gedanken des hervorkeimenden neuen Lebens zu unterstreichen, gab sie abschließend jedem Kind ein großes Plastikei. „Hört zu", sagte sie, „ihr sollt das Ei mit nach Hause nehmen und es morgen wieder mitbringen – mit etwas darin, das neues Leben zeigt. Habt ihr mich verstanden?"

Er war ein einziges Problem. Und – sie wollte ihre Zeit nicht länger mit ihm verschwenden.

„Na klar, Frau Müller!" riefen die Kinder begeistert – alle außer Jonathan. Er hörte aufmerksam zu, seine Augen unverwandt auf ihr Gesicht geheftet. Nicht einmal seine merkwürdigen Geräusche waren zu hören.

Ob er wohl begriffen hatte, was sie über den Tod und die Auferstehung Jesu gesagt hatte? Und verstand er, welche Aufgabe sie den Kindern gestellt hatte? Vielleicht sollte sie lieber seine Eltern anrufen und es ihnen erklären.

Als sie am späten Nachmittag nach Hause kam, stellte sie fest, daß der Abfluß in ihrer Küche verstopft war. Sie rief den Vermieter an und wartete dann eine volle Stunde, bis er endlich kam und die Sache in Ordnung brachte. Anschließend mußte sie noch einkaufen, bügeln und einen Vokabeltest für den nächsten Tag vorbereiten. So kam es, daß sie den Anruf bei Jonathans Eltern völlig vergaß ...

Am folgenden Morgen stürmten ihre fünfzehn Kinder aufgeregt in den Klassenraum, um den großen Weidenkorb auf dem Tisch ihrer Lehrerin mit den mitgebrachten Plastikeiern zu füllen. Aber erst nach der Mathematikstunde durften die Eier geöffnet werden.

Im ersten Ei befand sich eine Blume. „O ja", sagte Doris, „eine Blume ist wirklich ein Zeichen neuen Lebens. Wenn die ersten grünen Spitzen aus der Erde ragen, wissen wird, daß es Frühling wird." Ein kleines Mädchen in der ersten Reihe winkte heftig mit der Hand. „Das ist mein Ei, Frau Müller, das ist meins!" rief sie dabei laut.

Das nächste Ei enthielt einen Plastik-Schmetterling, der richtig lebendig aussah. Sie hielt ihn in die Höhe.

„Wir wissen alle, daß aus einer häßlichen Raupe ein wunderschöner Schmetterling wird. Ja, auch das ist ein Zeichen für neues Leben." Die kleine Judith lächelte stolz und sagte: „Das ist von mir, Frau Müller."

Als nächstes fand sie einen Stein, mit Moos bewachsen. Sie erklärte der Klasse, daß Moos ebenfalls ein Beweis für Leben sei. Willi aus der letzten Reihe meldete sich zu Wort. „Mein Papa hat mir beim Suchen geholfen!" verkündete er strahlend.

Sie öffnete nun das vierte Ei – es war merkwürdig leicht – und holte tief Luft: Das Ei war leer! „Das ist bestimmt Jonathans", dachte sie. „Natürlich hat er nicht verstanden, was er damit machen sollte. Hätte ich doch bloß nicht vergessen, seine Eltern anzurufen!" Und weil sie ihn nicht in Verlegenheit bringen wollte, legte sie dieses Ei, ohne ein Wort zu sagen, beiseite und griff nach dem nächsten.

Da meldete sich plötzlich Jonathan. „Frau Müller", sagte er, „wollen Sie denn nicht über mein Ei sprechen?" Verwirrt gab sie zurück: „Aber Jonathan – dein Ei ist ja leer!" Er sah ihr offen in die Augen und meinte leise: „Ja, aber das Grab Jesu war doch auch leer!"

Eine ganz Weile sprach niemand ein Wort. Als die Lehrerin sich endlich wieder gefangen hatte, fragte sie: „Jonathan, weißt du denn, warum das Grab leer war?" – „O ja", gab er zur Antwort, „Jesus wurde getötet und ins Grab gelegt. Aber dann hat ihn sein Vater wieder lebendig gemacht!"

Die Pausenglocke schrillte. Während die Kinder aufgeregt nach draußen auf den Schulhof stürmten, saß sie wie betäubt da und hatte Tränen in den Augen. Das Eis, das sich noch in ihrem Herzen befand, begann zu schmelzen. Dieser zurückgebliebene, rätselhafte Junge hatte die Wahrheit der Auferstehung besser verstanden als alle anderen Kinder.

Drei Monate später war Jonathan tot. Die Leute, die in die Friedhofskapelle kamen, um von dem Entschlafenen Abschied zu nehmen, wunderten sich nicht wenig: Oben auf dem Sarg waren fünfzehn leere Eierschalen zu sehen. ❦

Ein Blick in den Himmel
aus den Augen eines Kindes

Marshall Shelley

Ich war mit meinem Sohn zusammen, solange er lebte – ganze zwei Minuten. Am 22. November 1991 um 20.20 Uhr erblickte er das Licht der Welt, und um 20.22 Uhr starb er.

In der Tat, eine sehr kurze Zeit. Viel zu kurz! Meiner Frau Susan und mir war es nicht vergönnt mitzuerleben, wie er seine ersten Schritte machte; wir konnten uns ja kaum an seinem ersten Atemzug freuen. Ich weiß nicht, ob er mehr Spaß am Ballspiel oder an Software gehabt hätte, ob er sich lieber mit Dinosauriern oder mit Libellen beschäftigt hätte. Wir kamen weder dazu, Ringkämpfe oder Wettläufe miteinander zu machen, noch gemeinsam ein Buch zu lesen. Ob er an solchen Dingen genausoviel Freude gehabt hätte wie seine älteren Schwestern? Was hätte ihn wohl zum Lachen gebracht? Wovor hätte er sich gefürchtet? Worüber sich geärgert?

Alle diese Fragen schwirrten mir in den Tagen, die auf die Ankunft und den plötzlichen Abschied meines Sohnes folgten, durch den Kopf. Vieles hätte ich nur zu gern gewußt. Doch eine Frage erhob sich weit über alle anderen hinaus und verfolgte mich über Monate: Wieso sollte Gott ein Kind erschaffen, das nur zwei Minuten zu leben hatte?

Es gibt viele tragische Todesfälle, auch bei Kindern, aber oft lassen sie sich auf die Rücksichtslosigkeit oder Dummheit eines Menschen zurückführen. Eine verirrte Kugel durchschlägt die Mauer eines Wohnhauses und tötet ein Kind. Ein Autofahrer verliert die Herrschaft über seinen Wagen und schleudert in eine Gruppe Schulkinder auf dem Bürgersteig. Sinnlose Vorfälle, die einem das Herz zerreißen. Aber zumindest weiß man, auf wen man wütend sein kann.

Nicht so bei meinem Sohn. Kein menschliches Wesen konnte direkt für seinen Tod verantwortlich gemacht werden. Die Ärzte sprachen von einer „Mißbildung der Chromosomen", Trisomie 13 genannt. Bei einem der 23 Chromosomenpaare hatte sich ein drittes Chromosom gebildet. Trotz diverser genetischer Untersuchungen und Sachverständigengutachten durch die Ärzte ließ sich keine Ursache für diesen Umstand ermitteln.

Meiner Ansicht nach handelte es sich um einen klaren Konstruktionsfehler, für den einzig und allein der Konstrukteur verantwortlich war.

Ich erinnere mich gut an den Tag, an dem ich erstmals den Ausdruck *Trisomie 13* hörte. Das war, als ich zum erstenmal meinen Sohn sah – als geisterhafte schwarz-weiß-graue Umrisse auf dem Ultraschallmonitor. Schweigend sahen Susan und ich zu, wie das Baby sich bewegte, während der Arzt das Ultraschallgerät bediente, den Schädelumfang und den Oberschenkelnochen maß und die inneren Organe in Augenschein nahm.

„Ist alles in Ordnung?" fragte ich ihn.

„Lassen Sie mich zuerst die Untersuchungen beenden, dann werde ich Ihnen Bericht erstatten", erwiderte er. Seine ausweichende Antwort fiel mir auf, doch ich hoffte, daß dies seiner üblichen Vorgehensweise entsprach.

Einige Augenblicke später teilte er uns in sachlichem Ton seine Beobachtungen mit: „Es gibt da leider ein paar Probleme. Der Fötus hat eine Mißbildung am Herzen – die Aorta ist verkehrt angewachsen. Zudem fehlen Teile des Kleinhirns. Er hat einen Klumpfuß, einen Wolfsrachen und vielleicht eine Hasenscharte, möglicherweise auch Spina bifida (Wirbelspalt). Es scheint sich um einen Fall von Trisomie 13 oder Trisomie 18 zu handeln. In beiden Fällen ist das Kind nicht lebensfähig." Weder Susan noch ich brachten ein Wort hervor. Deshalb fuhr der Arzt fort:

„Höchstwahrscheinlich wird der Fötus von selbst abgehen. Sollte es jedoch zu einer Geburt kommen, wird das Kind auf keinen Fall lange überleben. Sie sollten sich ernsthaft überlegen, ob Sie diese Schwangerschaft wirklich zu Ende führen wollen."

Geborgen im Mutterschoß

Wir wußten beide, worauf er hinauswollte. Susan fand zuerst die Sprache wieder. Obwohl sie von der Nachricht offensichtlich erschüttert war, sagte sie mit leiser, aber klarer Stimme: „Wir glauben, daß Gott es ist, der uns das Leben gibt oder auch nimmt. Wenn ich dieses Kind nur während der Zeit der Schwangerschaft haben kann, dann möchte ich diese Zeit nicht noch verkürzen. Und wenn er keine andere Welt als den Mutterschoß kennenlernen soll, möchte ich diese Welt so sicher für ihn machen wie nur möglich."

Niedergeschlagen und traurig verließen wir an jenem Julitag die Arztpraxis. „Eine Schwangerschaft ist schon schwer genug, wenn man weiß, daß man mit einem lebendigen Baby aus dem Krankenhaus geht", sagte Susan. „Ich weiß nicht, wie ich die Schmerzen einer Geburt überstehen soll mit dem Wissen, daß ich kein Kind in den Armen halten werde."

Als der Sommer in den Herbst überging, beteten wir immer noch, daß unser Sohn geheilt werden möge. Und selbst wenn Gott ihm kein langes Leben beschieden hätte, möge Er ihn doch wenigstens das Licht der Welt erblicken lassen.

Doch auch diese Bitte schien auf dem Spiel zu stehen, als die Wehen am 22. November einsetzten. Als sie heftiger wurden, traten deutliche Anzeichen eines „Fetal distress" (fetale Notsituation) auf, und die Hebammen fragten: „Sollen wir wirklich versuchen, das Baby lebendig zu holen?"

„Jawohl", erwiderte Susan, „und wenn möglich, ohne Kaiserschnitt." Sie brachten Susan in eine andere Lage und gaben ihr Sauerstoff. Daraufhin ging es dem Kind besser.

Willkommen und Abschied

Und dann, ganz plötzlich, war er da! Der Arzt durchtrennte die Nabelschnur und legte den Kleinen behutsam auf Susans Brust. Er sah frisch und rosig aus, die kleine Brust hob und senkte sich. Gott sei Dank, er atmete!

Doch ganz unvermittelt wurde er blau. Wir streichelten das kleine Gesichtchen und flüsterten ihm leise Worte zu – Worte des Willkommens, der Liebe und auch des Abschieds. Da teilte uns der Arzt auch schon mit, daß der Junge tot sei.

Minuten später kamen unser Pastor, unsere Eltern und unsere Kinder ins Zimmer. Wir weinten zusammen, hielten uns umschlungen und nahmen abwechselnd den Kleinen auf den Arm. Das Herz war mir unsagbar schwer. Der Tod ist etwas Gewaltiges, Ungeheuerliches, Unumstößliches.

Ich war überwältigt von dem Verlust, aber in die Tränen und den furchtbaren Schmerz mischte sich noch etwas anderes. Ich weiß nicht, ob ich es richtig beschreiben kann.

Wieso sollte Gott ein Kind erschaffen, das nur zwei Minuten zu leben hatte?

Als meine drei älteren Töchter geboren wurden, hatte ich klar das „Wunder der Geburt" verspürt, diesen heiligen Augenblick, in dem ein neues Leben das Licht der Welt erblickt. Das *Pneuma*, der Lebensatem, füllt zum allererstenmal die Lungen des neuen Erdenbürgers. Jetzt aber schien mir dieser Augenblick doppelt intensiv zu sein, weil auf das Wunder der Geburt so schnell das Geheimnis des Todes folgte. Kaum war das *Pneuma* da, war es auch wieder fort.

„Es kommt mir vor, als hätten sich Zeit und Ewigkeit für einen kurzen Augenblick gekreuzt", war alles, was ich zu unserem Pastor sagen konnte. Schmerz und Trauer waren nicht weniger geworden, doch sie verbanden sich mit einem starken, überwältigten Staunen angesichts der Tatsache, daß Zeit und Ewigkeit so dicht beieinanderlagen, ja, unaufhaltsam ineinanderflossen.

Tobias – Gott ist gut

„Haben Sie einen Namen für Ihr Kind?" fragte eine der Hebammen.

„Ja", erwiderte Susan, „Tobi. Das ist die Kurzform von Tobias und bedeutet ‚Gott ist gut'."

Wir hatten uns lange Gedanken darüber gemacht, wie wir dieses Kind nennen wollten. In diesem Moment verspürten wir nicht allzuviel von der Güte Gottes. Der Name drückte aus, was wir glaubten, und nicht, was wir fühlten. Er drückte aber auch aus, was wir gerne eines Tages wieder fühlen wollten.

Unwillkürlich kamen mir die Worte einer Romanfigur von C. S. Lewis in den Sinn, der im Hinblick auf den Löwen Aslan sagt: „Natürlich ist er nicht ungefährlich. Aber er ist gut. Er ist der König, mußt du wissen." Wir klammerten uns an diesen Gedanken, obwohl wir uns noch lange mit der Frage herumschlugen: Wieso sollte Gott ein Kind erschaffen, das nur zwei Minuten zu leben hatte?

> *„Haben Sie einen Namen für Ihr Kind?" fragte eine der Hebammen. „Ja", erwiderte Susan, „Tobi. Das ist die Kurzform von Tobias und bedeutet ‚Gott ist gut'."*

Kurz bevor wir erfahren hatten, wie es um Tobi stand, hatte ich ein Buch von Christopher de Vinck gelesen („Die Macht der Machtlosen"). Darin schildert er, was er von seinem schwer behinderten, geistig zurückgebliebenen Bruder Oliver lernte.

Mich interessierte das Buch, weil unsere Tochter Mandy ebenfalls schwer behindert war, unfähig, auf ihre Umgebung zu reagieren. Drei Monate nach Tobis Geburt und Tod ging auch Mandy in die Ewigkeit, nur zwei Wochen vor ihrem zweiten Geburtstag. Ein Argument, das de Vinck in bezug auf Oliver angeführt hatte, war mir eine große Hilfe bei den Fragen, die ich nach Tobis Geburt und Tod an Gott hatte.

Die innere Seite

Eine der größten Entdeckungen überhaupt, die ein Kind oder ein Erwachsener machen kann – so schreibt de Vinck –, ist die Entdeckung, daß alles eine innere Seite hat. Bei uns zu Hause schneiden wir beispielsweise Äpfel durch, um uns das Kerngehäuse anzuschauen, wir knacken Walnüsse, um an das Innere zu gelangen, oder wir halten ein billiges Spielzeug-Stethoskop an unsere Brust, um unser Herz schlagen zu hören. Es läßt sich längst nicht immer auf das Innere schließen, wenn man etwas nur von außen sieht.

„Der Mensch sieht auf das, was vor Augen ist, aber der Herr sieht auf das Herz" (1. Samuel 16,7), heißt es in der Bibel. Uns wird gewöhnlich beigebracht, Menschen danach zu beurteilen, ob das Etikett in ihrer Kleidung der letzten Mode entspricht oder nicht. Ob ein Politiker erfolgreich ist, hängt zum großen Teil von der Kunst dessen ab, der ihm die Reden schreibt, oder von der Geschicklichkeit der Fernsehproduzenten und Meinungsforscher. In der Bildungspolitik kommt es entscheidend darauf an, wie sie politisch dargestellt wird. Überall und jederzeit will man uns glauben machen, daß das, was nach außen hin zu sehen ist, das Wesentliche sei. Dabei läßt man das Innere völlig außer acht – das Herz, den Geist.

Jedes meiner Kinder hat auch eine innere Seite. Bei meinen beiden ältesten Töchtern gelingt es mir gelegentlich, einen flüchtigen Blick auf ihr Innenleben zu erhaschen. Bei Mandy war das „Glas" schon wesentlich dunkler, und bei Tobi hatten wir überhaupt keine Möglichkeit, in ihn hineinzuschauen.

Trotzdem hatten sowohl Mandy als auch Tobi eine innere Seite. Auch wenn die äußere Gestalt beschädigt ist, muß man das Innere in Ehren halten.

Was passiert im Himmel?

Nicht lange, nachdem wir Tobi und Mandy zu Grabe getragen hatten, erzählte uns unsere siebenjährige Tochter Stacey, sie habe mitten in der Nacht eine Stimme gehört, die ihr sagte, daß Mandy und Tobi sehr viel zu tun hätten. Sie würden „an unserem Haus bauen und Seinen Thron bewachen".

Ich wußte zunächst nicht, was ich dazu sagen sollte. Unser Kind hatte noch nie eine derartige Behauptung aufgestellt. Aber ich fing an, mit einem ganz neuen Interesse an dem, was über himmlische Aktivitäten geschrieben steht, meine Bibel zu lesen. Stimmte das, was Stacey gesagt hatte, mit Gottes Wort überein? Die Gespräche am Familientisch drehten sich von nun an meistens um den Himmel.

Wir stellten fest, daß der Himmel ein Ort ausgeprägter Aktivität ist, wo nicht nur Ruhe und Beschaulichkeit herrschen. Gott bereitet eine Stadt für die Gläubigen zu (Hebräer 11,16), wo sie alle zur Vollendung kommen sollen (Hebräer 11,40). Die Bibel schildert an zahlreichen Stellen, daß die Anbetung im Himmel voller Aktivität und Intensität ist.

Jesus selber hat gesagt, daß im Haus Seines Vaters „viele Wohnungen" sind und daß Er hingehe, um uns eine Stätte zu bereiten (Johannes 14). Was liegt näher als die Vorstellung, daß ein Teil unserer Beschäftigung im Himmel darin besteht, bei den Vorbereitungen für diejenigen, die noch kommen werden, mitzuhelfen?

Ein himmlischer Kämpfer?

Ich muß zugeben, für mich war die Aussage, meine Kinder hätten den Thron Christi zu bewachen, noch wesentlich interessanter. War hier vielleicht von einer Ehrengarde die Rede? Oder von einer zeremoniellen Versammlung von Kindern (die Christus während Seiner Erdenzeit besonders gern um sich geschart hatte)? Oder von Ehrenplätzen für solche, die unser Herr im Sinn hatte, als Er sagte: „Die Letzten werden die Ersten sein"? Ich kann mir kaum vorstellen, daß jemand noch „letzter" sein könnte als Mandy und Tobi.

Wie aber, wenn die Bewachung des Thrones keine zeremonielle Handlung, sondern eine richtige Tätigkeit wäre? Wir wissen, daß die Cherubim jene himmlischen Wesen sind, denen in erster Linie diese Verantwortung obliegt. In Daniel 10 wird der Kampf des Engelfürsten Michael mit einem geistlichen Gegner beschrieben. Epheser 6,12 spricht von der Auseinandersetzung mit „geistlichen Mächten der Bosheit in der Himmelswelt". Könnte es sein, daß sich unter den himmlischen Kämpfern einer namens Tobi befindet? In der Offenbarung wird uns eine Schlacht geschildert, an der auch die himmlischen Heere beteiligt sind (Offenbarung 19,19). Könnte es sein, daß Tobi mit unter der unzählbaren Schar derer ist, die in den Reihen dieser himmlischen Heere kämpfen, wenn jene letzte große Schlacht stattfindet?

Ich weiß natürlich, daß das alles reine Vermutungen sind. Eines aber steht fest: Der Himmel wird ein Ort aktiven Dienstes sein. Auch wenn unser geistlicher Kampf hier unten zu Ende ist, gehen unsere Aufgaben weiter.

> *Nicht lange, nachdem wir Tobi und Mandy zu Grabe getragen hatten, erzählte uns unsere siebenjährige Tochter Stacey, sie habe mitten in der Nacht eine Stimme gehört, die ihr sagte, daß Mandy und Tobi sehr viel zu tun hätten. Sie würden „an unserem Haus bauen und Seinen Thron bewachen".*

Geschaffen für die Ewigkeit

Johannes wird in seiner Vision über die Ewigkeit gezeigt, was auf uns als Gläubige wartet: „Der Thron Gottes und des Lammes wird in ihr (d. h. der Stadt) sein; und seine Knechte werden ihm dienen, und sie werden sein Angesicht sehen; und sein Name wird an ihren Stirnen sein ... und sie werden herrschen in alle Ewigkeit" (Offenbarung 22,3-5).

Ich weiß nicht genau, wie das mit dem Dienen sein wird, kann auch keine spezifischen Angaben über die Art des Herrschens machen. Trotzdem kommt es mir so vor, als wenn diese Aufgaben von größerer Wichtigkeit sein werden als die meisten beruflichen Karrieren, die wir in unserem Erdenleben verfolgen. Könnte es sein, daß ich dereinst, wenn ich mit dem wichtigsten Dienst meines Lebens beginne, feststellen muß, daß ich eigentlich dafür geschaffen wurde? Vielleicht. Vielleicht werde ich erkennen, daß ich nicht für das gemacht worden bin, was ich auf der Erde geleistet habe, sondern für die Rolle, die ich im Himmel spielen soll.

Warum hat Gott ein Kind erschaffen, das nur zwei Minuten leben durfte? Diese Frage ist falsch gestellt. Gott hat Tobi nicht geschaffen, damit er zwei Minuten, oder Mandy, damit sie zwei Jahre leben sollte. Er hat auch mich nicht für ein Dasein von vierzig Jahren (oder wie lange ich nach Seinem Plan auf dieser Erde leben soll) geschaffen.

Nein, Gott hat Tobi für die Ewigkeit geschaffen. Jeden von uns hat Er für die Ewigkeit geschaffen, und wir werden vielleicht überrascht sein, wenn wir dort endlich unsere wahre Berufung finden – eine Berufung, die wir während unseres Erdenlebens nie richtig verwirklichen konnten.

Wie komme ich in den Himmel?

wir haben diesen Platz hier dafür bereitgehalten, um Ihnen in Stichworten Gottes Erlösungsplan aufzuzeigen. Es ist uns ein Anliegen, Ihnen als Leser nicht nur Glaubenserfahrungen anderer Menschen nahezubringen, sondern auch Sie persönlich zu einer lebendigen Beziehung zu Gott zu ermutigen.

Wenn Sie sich nicht über Sinn und Ziel Ihres Lebens im klaren sind, lesen Sie bitte, was die Bibel darüber aussagt:

Erstens: Gott liebt Sie!

„Denn Gott hat die Menschen so sehr geliebt, daß er seinen einzigen Sohn für sie hergab. Jeder, der an ihn glaubt, wird nicht verlorengehen, sondern das ewige Leben haben" (Johannes 3,16).

Zweitens: Jeder Mensch ist ein Sünder, und die Sünde hat ihn von Gott getrennt!

„Doch gibt es auf der Erde keinen einzigen Menschen, der so gesetzestreu wäre, daß er stets richtig handelt, ohne je einen Fehler zu begehen" (Prediger 7,20). „Alle sind Sünder und haben nichts aufzuweisen, was Gott gefallen könnte" (Römer 3,23).

Drittens: Jesus Christus ist der einzige Ausweg aus der Sünde!

„Vergeßt nicht, wieviel Christus für unsere Sünden erlitten hat! Er, der frei von jeder Schuld war, starb für uns schuldige Menschen, und zwar ein für allemal. So hat er uns zu Gott geführt ..." (1. Petrus 3,18). „Nur Jesus kann den Menschen Rettung bringen. Nichts und niemand sonst auf der ganzen Welt rettet sie" (Apostelgeschichte 4,12).

Viertens: Nehmen Sie Jesus Christus als Ihren persönlichen Herrn und Erlöser an!

Jesus nennt diese Erfahrung „neue Geburt". Er sagte: „Wer nicht neu geboren wird, kann nicht in Gottes Reich kommen" (Johannes 3,3b). Wir möchten Sie jetzt einladen, den Herrn Jesus Christus als Ihren persönlichen Erlöser anzunehmen. Wenn Sie das tun, werden Sie ein Kind Gottes werden. „Die ihn aber aufnahmen und an ihn glaubten, denen gab er das Recht, Kinder Gottes zu sein" (Johannes 1,12).

Beten Sie von ganzem Herzen die folgenden Worte: „Lieber Herr Jesus, ich erkenne jetzt, daß ich ein Sünder bin. Ich nehme die Tatsache für mich in Anspruch, daß Du für mich am Kreuz auf Golgatha gestorben bist. Ich öffne jetzt mein Herz und nehme Dich als Erlöser und Herrn meines Lebens auf. Bitte übernimm Du völlig die Kontrolle über mein Leben und hilf mir, solch ein Christ zu sein, wie Du es Dir wünschst. Amen."

Wenn Sie so ganz aufrichtig gebetet haben, sind Sie jetzt ein Kind Gottes.

Ist dies das Ende der Zeiten?

Elisabeth Mittelstädt

Es war acht Uhr an einem Sonntagabend. Müde waren wir soeben nach Hause gekommen. Mein Mann ging in die Küche und goß sich eine Tasse Kaffee ein. Eine wichtige Entscheidung war an diesem Tag gefallen und kreiste immer noch in seinen Gedanken.

„Es ist schon spät, Liebling. Du solltest besser keinen Kaffee mehr trinken!" gab ich zu bedenken. Das hatte ihm gerade noch gefehlt – eine Mutter, die ihm vorschrieb, was er zu tun hatte, wo er jetzt doch so sehr meine Freundschaft brauchte. Ein Wort gab das andere, und bald darauf saß das Mißverständnis zwischen uns fest.

Ich hatte ebenfalls einen anstrengenden Tag hinter mir und war gereizt. Meine Gefühle gingen völlig durch mit mir. Schließlich flüchtete ich mich ins Schlafzimmer, wo ich mich in meinen Schaukelstuhl, meinen liebsten Zufluchtsort, fallen ließ. Nach einiger Zeit kroch ich erschöpft ins Bett und schlief bald fest ein. Als mein Mann später ins Zimmer kam und sah, daß ich schon schlief, legte er sich leise ins Bett, um mich nicht zu stören.

Gegen Mitternacht hatte ich einen regen Traum. Ich sah Jesus, wie Er sich für Sein Wiederkommen bereitmachte! Zutiefst erschrocken wachte ich auf, geplagt von dem einen Gedanken: „Was wird aus Ditmar und mir?" Unsere Unversöhnlichkeit trennte uns ganz gewiß von Gott!

„Liebling, wach auf!" rief ich völlig aufgewühlt. „Was ist denn los?" murmelte er verschlafen. „Es tut mir so leid wegen gestern abend. Bitte verzeih mir", bat ich. Ditmar erwiderte: „Mir tut es auch leid."
„Aber ein komischer Kerl bist du trotzdem", konnte ich mir nicht verkneifen. (Ich war immer noch aufgebracht, aber die Sache war jetzt wenigstens bereinigt, und wir hatten einander vergeben.)

Bereit sein ist alles

Am nächsten Tag war mein Herz voller Freude. Gott liebte mich so sehr, daß Er mich sogar mitten in der Nacht aufweckte, damit ich mein Leben in Ordnung bringen konnte. Warum, überlegte ich, mußte ich denn so dringend vergeben? Je länger ich darüber nachdachte, desto klarer wurde es mir: Jesus kann jeden Moment wiederkommen! Steht Seine Wiederkunft wirklich so nahe bevor? Ich schlug meine Bibel auf und las: „An Sonne, Mond und Sternen wird man drohende Zeichen sehen. Auf der Erde werden die Völker zittern aus Furcht vor dem tobenden Meer und den Wellen. Die Bewohner der Erde werden halbtot vor Angst darauf warten, was nun noch über

sie hereinbricht. Denn die ganze Ordnung des Himmels wird durcheinandergeraten. Dann werden sie den Menschensohn kommen sehen. Wenn ihr die ersten Anzeichen von alledem bemerkt, dann richtet euch auf und faßt neuen Mut: bald werdet ihr gerettet!" (Lukas 21,25-28).

Wann wird dies alles geschehen? Bücher über die Endzeit gehen weg wie warme Semmeln. Jedermann sucht Antwort auf drängende Fragen wie: „Wo stehen wir in der Weltgeschichte? Was sagt die Bibel über die Ereignisse unserer Zeit?"

Während unserer Ausbildung brachte man uns bei, niemals so dumm zu sein und ein genaues Datum für die Wiederkunft Christi festzulegen. Als ich darüber nachdachte, erinnerte ich mich an die Aussage Luthers über das Kommen Jesu: „Ich glaube fest daran, daß die Engel sich schon bereitmachen, ihre Rüstung anlegen und das Schwert umgürten, weil der letzte Tag anbricht." Viele andere Gottesmänner haben alle Jahrhunderte hindurch auch fest mit der unmittelbaren Wiederkunft des Herrn gerechnet.

Wie konnten so brillante Theologen wie Martin Luther und Jonathan Edwards – beides hochbegabte und gebildete Männer, die das Denken unserer Zeit maßgebend beeinflußt haben – mit solch kindlicher Einfalt auf das Kommen des Herrn warten? Könnte es sein, daß die Liebe zu Gott sie an die „Fenster" der Welt trieb, um ängstlich nach Seiner Wiederkunft Ausschau zu halten?

Könnte es sein, daß die Liebe zu Gott sie an die „Fenster" der Welt trieb, um ängstlich nach Seiner Wiederkunft Ausschau zu halten?

Liebende Erwartung

Ich bin ein Mensch, der viel Liebe braucht. Manchmal gehe ich einfach ins Büro meines Mannes und baue mich mit einem spitzbübischen Lächeln und erwartungsvollem Blick vor seinem Schreibtisch auf. „Was willst du? Ist etwas nicht in Ordnung?" fragt er gewöhnlich. Dann schaue ich ihn einfach an und bekenne schlicht: „Ich möchte nur in die Arme genommen werden."

Wenn mein Mann unterwegs ist und eigentlich bald zurückkommen müßte, ertappe ich mich oft dabei, wie ich auf die vorbeifahrenden Autos horche. War das nicht unser Wagen? Ich springe mehrere Male vergeblich ans Fenster, bis ich endlich seine vertrauten Schritte auf der Treppe höre. Und plötzlich steht er vor der Türe!

Während ich mich mit dem Leben von Luther und Edwards beschäftigte, fand ich heraus, wie ungeduldig ihre Liebe zum Herrn war – genauso wie meine Liebe zu meinem Mann. Diese Liebe war die treibende Kraft in ihrem Leben. Sie hüpften vor Freude, wenn sie ein Zeichen Seiner Wiederkunft am Himmel erspähten. Diese Männer lebten in einer freudigen Erwartung, die ich mir auch von Herzen wünsche. Wenn sie damals schon glaubten, daß Jesu Wiederkunft nahe wäre, wieviel näher dabei sind wir heute. Es könnte ja sein, daß Er bereits vor der Türe steht, bereit, sie jeden Moment zu öffnen!

Niemand von uns kennt den genauen Zeitpunkt. Wir wissen aber, daß Er plötzlich, in einem Augenblick, erscheinen wird. Können Sie sich vorstellen, Ihm heute zu begegnen?

Bis zu diesem großen Tag werde ich weiterhin mein Abendgebet sprechen. Nicht aus Angst, sondern aus Ehrfurcht vor meinem Gott. Jeden Abend, bevor ich mich schlafen lege, bitte ich Ihn um Vergebung für alles, was ich falsch gemacht habe, und vergebe auch allen, die mir unrecht getan haben. „Für den Fall, daß Du diese Nacht wiederkommst, möchte ich bereit sein", sage ich. Und noch etwas: „Ich liebe Dich, Jesus!"

Was wäre, wenn Christus heute nacht wiederkäme oder nur einige Minuten nachdem Sie dieses Buch aus der Hand gelegt haben? Sind Sie bereit, Gott zu begegnen? Sind Ihre Sünden vergeben? Oder hegen Sie noch Unversöhnlichkeit in Ihrem Herzen?

Die Zeichen am Himmel werden immer deutlicher. Gottes Sohn kann jederzeit wiederkommen. Darum müssen wir uns täglich bereithalten. Nicht mit Angst und Zittern, sondern in der freudigen Erwartung einer Braut, die auf den geliebten Bräutigam wartet.

Schnell zum Fenster! Ist Er schon da?